풀꽃

자세히 보아야

예쁘다

오래 보아야

사랑스럽다

너도 그렇다.

2021년 6월,

나태주 씁니다.

시가 인생을 가르쳐 준다

시가 인생을 가르쳐 준다

엮은이 나태주
펴낸이 임상진
펴낸곳 (주)넥서스

초판1쇄 발행 2021년 6월 25일
초판4쇄 발행 2021년 8월 18일

출판신고 1992년 4월 3일 제311-2002-2호
10880 경기도 파주시 지목로 5
Tel (02)330-5500 Fax (02)330-5555

ISBN 979-11-6683-098-3 03810

www.nexusbook.com
&(앤드)는 (주)넥서스의 문학 브랜드입니다.

시가 인생을 가르쳐 준다

나태주 엮음

시에서 인생을 배웁니다

애당초 시는 시인의 삶에서 나옵니다. 그 사람의 하루하루 인생에서 나옵니다. 그러니까 시는 시를 쓴 사람의 삶을 뛰어넘을 수 없고 인생을 뛰어넘을 수 없다는 말입니다.

이미 오래전에 산 시인들은 자신의 인생에서 가장 좋은 느낌이며 생각들을 시라고 하는 아주 짧고도 명료한 문장 형태로 남겼습니다. 후세를 위한 아름다운 선물이지요.

그 시들을 읽으며 후세 사람들은 인생을 배웁니다. 거친 마음을 달래기도 하고 울퉁불퉁한 느낌을 다스립니다. 스스로 좋은 인생을 꿈꾸고 미래에 대한 암시를 받습니다.

특히 그건 나에게 그러했습니다. 시를 읽기 시작한 소년 시절 이래, 시에서 배우고 느끼고 빚진 것들이 참 많습니다. 그런 점에서 시는 나의 스승이고 시인은 고마운 동행입니다.

우선 인간의 일생을 네 단락으로 나누었습니다. 유소년, 청년, 장년, 노년. 그것은 유교의 사덕四德-인의예지과 통하고 불교의 사고四苦-생로병사와 통하는 인생의 단계입니다.

인생에서 가장 중요한 시기는 청년 시절입니다. 가장 왕성한 의욕과 가능성이 살아 있는 시절이지요. 그러므로 이 책에서는 청년→장년→노년→유년의 순으로 시들을 배열했습니다.

책을 읽으시며 부디 맑은 마음을 품으셨으면 좋겠고 고요한 마음을 지니셨으면 좋겠습니다. 그런 가운데 느낌이 살아나고 생각이 싱싱해질뿐더러 인생에서도 도움이 되었으면 좋겠습니다.

2021년 첫여름

나태주 씁니다.

차례

2

살아가며 꼭 한 번은
만나고 싶은 사람

3
그립고 아름답고
슬픈 눈이 온다

4

다시 찬란한
기쁨의 봄이 오리니

떠나고 싶은 자

떠나게 하고

잠들고 싶은 자

잠들게 하고

그리고도 남는 시간은

침묵할 것.

1

그래, 아름다운 것은
짧은 법!

질투는 나의 힘

아주 오랜 세월이 흐른 뒤에
힘없는 책갈피는 이 종이를 떨어뜨리리
그때 내 마음은 너무나 많은 공장을 세웠으니
어리석게도 그토록 기록할 것이 많았구나
구름 밑을 천천히 쏘다니는 개처럼
지칠 줄 모르고 공중에서 머뭇거렸구나
나 가진 것 탄식밖에 없어
저녁 거리마다 물끄러미 청춘을 세워두고
살아온 날들을 신기하게 세어보았으니
그 누구도 나를 두려워하지 않았으니
내 희망의 내용은 질투뿐이었구나
그리하여 나는 우선 여기에 짧은 글을 남겨둔다
나의 생은 미친 듯이 사랑을 찾아 헤매었으나
단 한 번도 스스로를 사랑하지 않았노라

기형도

가끔 나는 문학 강좌 같은 데에 가서, 처음 시를 쓰고자 하는 초심자들에게 이렇게 권하기도 한다. 시를 어렵게 쓰려고 하지 마라. 잘 쓰려고 하지 마라. 다른 사람 눈치를 보지 마라. 싸우듯이 써라. 유언을 남기듯 써라. 지나고 보니 조금 섬뜩한 느낌이 없지 않다. 특히 기형도 시인의 이런 시를 읽고 나니 더 그런 생각이 든다.

그야말로 이 시는 유언 같은 시다. 자기의 생에 대해서 전반적으로 부정하고 의문하면서 끝내 사랑에 대해서도 강력하게 부정을 한다. '단 한 번도 스스로를 사랑하지 않았노라'. 자기에 대한 사랑이 온갖 사랑의 근본임을 뼈아프게 깨친 사람만이 할 수 있는 놀라운 발언이다. 역시 시인은 앞서서 갔다.

여름밤

여름밤은 아름답구나.

여름밤은 뜬눈으로 지새우자.

아들아, 내가 이야기를 하마.

무릎 사이에 얼굴을 꼭 끼고 가까이 오라.

하늘의 저 많은 별들이

우리들을 그냥 잠들도록 놓아주지 않는구나.

나뭇잎에 진 한낮의 태양이

회중전등을 켜고 우리들의 추억을

깜짝깜짝 깨워놓는구나.

아들아, 세상에 대하여 궁금한 것이 많은

너는 밤새 물어라.

저 별들이 아름다운 대답이 되어줄 것이다.

아들아, 가까이 오라.

네 열 손가락에 달을 달아주마.

달이 시들면

손가락을 펴서 하늘가에 달을 뿌려라.

여름밤은 아름답구나.

짧은 여름밤이 다 가기 전에(그래, 아름다운 것은 짧은 법!)

뜬눈으로

눈이 빨개지도록 아름다움을 보자.

이준관

이적지 살아오면서 만난 사람들 가운데 가장 착하고 순한 사람 하나를 들라면 서슴없이 그 사람은 이준관 시인이다. 만난 날이 50년 인데 그 사람이 한 번도 얼굴을 붉히거나 불평하거나 화를 내는 것을 본 일이 없다. 그야말로 50년이 한결같은 사람이라 할 것이다. 그래서 나는 그와의 우정을 어느 글에선가 '정금正金 같은 우정'이라 쓴 일이 있다.

이런 사람의 글이니 동시든 성인 시든 선량하고 맑고 그윽하기 가을 하늘 같다. 시의 소재는 여름밤이고 그 여름밤의 별이다. 별 아래 아들과 아버지가 있다. 이 어쩌나 평화로운 풍경인지……. 아무렇게나 누구나 그런 풍경을 만들어내는 건 아니다. 마음이 선량하고 온유한 사람들에게만 허락되는 풍경이다. 이런 풍경 앞에 나는한 번이라도 나의 자식들과 이런 풍경을 만들어본 일이 있는가 부끄러워진다.

'여름밤은 뜬눈으로 지새우자', '뜬눈으로/ 눈이 빨개지도록 아름다움을 보자'. 나는 가끔 말한다. 강물이 홍수 져 흙탕물이 넘쳐나다가도 어느덧 맑아지고 고요해지는 건 강물 스스로 자정自淨을 하기도 하지만 그 강물 어딘가에 맑은 물이 솟는 샘물이 숨었기 때문일 것이라고. 이런 아버지와 아들이 세상에 남아있는 한 세상은 결코 망하지 않을 것이란 것을 나는 믿는다.

미완성을 위한 연가
— 경주 남산의 새기다 만 마애불 앞에서

하나의 아름다움이 익어가기 위해서는
하나의 슬픔이
시작되어야 하리
하나의 슬픔이 시작되려는
저물 무렵 단애 위에 서서
이제 우리는 연옥보다 더 아름다운 것을
꿈꾸어서는 안 된다고
서로에게 깊이 말하고 있었네

하나의 손과 손이
어둠 속을 헤매어
서로 만나지 못하고 스치기만 할 때
그 외로운 손목이 할 수 있는 일은
다만 무엇인지 알아?
하나의 밀알이 비로소 썩을 때
별들의 씨앗이
우주의 맥박 가득히 새처럼
깃을 쳐오르는 것을
그대는 알아?

하늘과 강물은 말없이 수천 년을 두고
그렇게 서로를 쳐다보고 있었네
쳐다보는 마음이 나무를 만들고
쳐다보는 마음이 별빛을 만들었네
우리는 몹시 빨리 더욱 빨리
재가 되고 싶은 마음뿐이었기에
어디에선가, 분명,
멈추지 않으면 안 되었네,
수갑을 찬 손목들끼리
성좌에 묶인 사람들끼리

하나의 아름다움이 익어가기 위해서는
하나의 그리움이 시작되어야 하리,
하나의 긴 그리움이 시작되려는
깊은 밤 단애 위에 서서
우리는 이제 연옥보다 더 아름다운 것은
필요치가 않다고
각자 제 어둠을 향하여 조용히 헤어지고 있었네……

김승희

사랑의 비밀스런 의미 같은 것을 깨우쳐주고 싶었던 걸까? 시인은
계속해서 우리에게 묻고 있다. 그것을, 바로 그것을 알고 있느냐고.
인생 자체가 결핍을 극복하는 과정이고 결핍 뒤에 오는 눈부신 축
복이란 것을 이 시인은 또 일찍이 이렇게 알고 있었나 보다. 그래서
미완성은 미완성이 아니고 완성이 된다. 아니다. 미완성 그대로가
완성인 것이 인생이다.

사랑법

떠나고 싶은 자
떠나게 하고
잠들고 싶은 자
잠들게 하고
그리고도 남는 시간은
침묵할 것.

또는 꽃에 대하여
또는 하늘에 대하여
또는 무덤에 대하여

서둘지 말 것
침묵할 것.

그대 살 속의
오래전에 굳은 날개와
흐르지 않는 강물과
누워 있는 누워 있는 구름,
결코 잠깨지 않는 별을

쉽게 꿈꾸지 말고
쉽게 흐르지 말고
쉽게 꽃피지 말고
그러므로

실눈으로 볼 것
떠나고 싶은 자
홀로 떠나는 모습을
잠들고 싶은 자
홀로 잠드는 모습을

가장 큰 하늘은 언제나
그대 등 뒤에 있다.

강은교

글쎄. 사랑에 대해서 어떻게 말할까? 난제 가운데 난제였다. 지금도 해답을 얻지 못하고 산다. 그런데 이 시인은 젊은 나이에 해답을 얻었다. 우리더러 그렇게 하라고 한다. 놀라운 일이다. 시라는 문장은 분명히 무엇을 짚어주는 문장이 아니다. 풀이하는 문장이 아니다. 무엇인가 비유나 상징의 덩어리를 던져주고 읽는 사람이 느끼도록 하는 문장이다.

그렇다면 이 시인이 말하는 사랑에 대한 정의나 방법을 느끼면 되는 일이다. 시인의 권고는 이미 첫 부분에 나와있다. '떠나고 싶은 자/ 떠나게 하고/ 잠들고 싶은 자/ 잠들게 하고/ 그리고도 남는 시간은/ 침묵할 것.' 그런 다음, 시인은 또 말한다. '가장 큰 하늘은 언제나/ 그대 등 뒤에 있다.'

서시

죽는 날까지 하늘을 우러러
한 점 부끄럼이 없기를,
잎새에 이는 바람에도
나는 괴로워했다.
별을 노래하는 마음으로
모든 죽어가는 것을 사랑해야지
그리고 나한테 주어진 길을
걸어가야겠다.

오늘 밤에도 별이 바람에 스치운다.

윤동주

한국인이 가장 아끼고 사랑하는 시 가운데 한 편. 1941년 일제 강점기, 시집을 내고 싶었던 시인의 소망이 끝내 이루어지지 않자 필사로 시 18편을 적고 거기에 서문 형식으로 써넣은 문장이다. 처음엔 제목이 없었는데 민족 해방이 이루어진 훗날(1948년), 정음사란 출판사에서 유고시집을 낼 때 '서시'란 이름으로 처음 발표되었다. 누군들 안 그러랴. 이 작품 앞에서는 짐짓 숙연해진다. 지금껏 나는 어떻게 살았는가 돌아보게 되고 앞으로 어떻게 살 것인가 생각하게 된다. 반성과 각성이 함께 들어있는 시. 진정한 부끄러움을 가르쳐주는 시. 이 작품 속에는 24세 청년 윤동주의 인생관이 들어있고 그의 최후의 모습까지가 예언적으로 포함돼 있다고 볼 수 있을 것이다.

연

꿈이 고와, 정오正午였네.
아슴한 잎새에
물방울 하나 없는데
지레 가슴부터
하느적이네.
간절한 손결
당신의 맘
연連이라.
세상엔 더러 고운 벗도
있으올 게 아니오니까.

김대현

지금은 달라졌지만 내가 사는 공주와 대전은 오래전부터 같은 충남이었다. 행정구역이 그랬고 문학 행사도 함께 했다. 자연스럽게 대전이 문학 단체의 중심이었으므로 대전에 나가는 기회가 많았고 대전의 문인들과 자주 만났다. 대전에서 만난 문인 가운데 좋았던 선배 시인 한 분이 바로 김대현 시인이다.

문명文名이 높지는 않았지만 인품이 고결했다. 언행이 조심스러웠고 후배에게도 겸손하고 부드러웠다. 타인을 배려하는 마음이 있었다. 그 시인의 시다. 유독 이 시는 작곡되어 가곡으로도 불린 시다. 단아한 시인의 인품을 스스로 품고 있는 듯한 노래이고 시다. 맑은 이슬 속에 피어난 한 송이의 연꽃이라고나 할까.

고결한 인품은 향기와 같다. 향기는 자취도 없고 모양이나 빛깔도 없고 소리 또한 없지만 오래 가고 멀리까지 간다. 더구나 좋은 문장에 실린 인품은 더욱 오래 간다. 뒷날에 사는 사람들 마음까지도 울려주고 오래도록 감싸 안아준다.

꽃

내가 그의 이름을 불러주기 전에는
그는 다만
하나의 몸짓에 지나지 않았다.

내가 그의 이름을 불러주었을 때
그는 나에게로 와서
꽃이 되었다.

내가 그의 이름을 불러준 것처럼
나의 이 빛깔과 향기에 알맞는
누가 나의 이름을 불러다오
그에게로 가서 나도
그의 꽃이 되고 싶다.

우리들은 모두
무엇이 되고 싶다.
너는 나에게 나는 너에게
잊혀지지 않는 하나의 의미가 되고 싶다.

김춘수

우리 국민 가운데 중등교육 정도 받은 사람치고 김춘수란 시인의 이름은 몰라도 이 시를 모르는 사람은 별로 없지 싶다. 그 정도로 유명한 시다. 왜 그럴까? 이 시가 개성과 함께 보편성을 고루 갖추었기 때문이기도 하지만, 무엇보다도 주관(나)과 객관(너)에 대한 관계성을 충분히 보장하고 있기 때문일 것이다.

나의 존재는 나 하나만의 존재로는 온전치 못하다. 너의 뒷받침이 있어야 한다. 너 또한 나의 인정과 뒷받침이 있어야 한다. 이러한 까다로운 관계 설정을 시인은 아름다운 꽃을 매개로 하여 우리에게 쉽게 보여주고 있다. 그래서 이 시는 한국인이 가장 사랑하는 시 가운데 한 편이 된 것이다.

그런데 정작 시인 본인은 이 시를 당신의 대표작으로 인정하지 않는다. 시인의 대표작은 시인이 정하는 것이 아니라 독자 대중이 정하는 것이란 것을 시인이 잠시 눈 감고 인정하지 않은 탓이리라. 시인도 말하지 않았는가 말이다. '내가 그의 이름을 불러 주었을 때/ 그는 나에게로 와서/ 꽃이 되었다'고.

이 시에는 두 개의 버전이 있다. 맨 처음 시인은 이 시 4연 4행을 '잊혀지지 않는 하나의 의미가'로 썼다가, 얼마 뒤에 '의미'란 말을 '눈짓'이라는 말로 고쳐서 '잊혀지지 않는 하나의 눈짓이'로 바꾸었던 것이다. 그렇지만 나는 여기서 처음의 시를 택한다.

다시

희망찬 사람은
그 사람이 희망이다

길 찾는 사람은
그 사람이 새 길이다

참 좋은 사람은
그 자신이 이미 좋은 세상이다

사람 속에 들어 있다
사람에서 시작된다

다시
사람만이 희망이다.

박노해

늦은 가을 어느 날 저녁 무렵, 볼일이 있어서 서울 종로구 통의동에 들른 일이 있다. 내가 찾아간 바로 옆 건물에서 박노해 시인이 사진 전시회를 열고 있다고 했다. 전혀 몰랐던 새로운 소식. 시인 박노해 맞는가? 반신반의로 찾아간 곳엔 시인 박노해보다 사진작가 박노해가 기다리고 있었다.

놀랍고 반가웠다. 이 번들번들 눈부신 컬러의 시대에 그는 오직 흑백 사진으로만 세상을 껴안고 싶어 고집을 부리고 있었다. 지구 곳곳, 오지에서 힘들게 가난하게 살아가지만 결코 내일의 삶과 희망의 끈을 놓을 수 없는 사람들의 모습을 보여주고 있었다. 사진 속에 나의 지난날 10대의 모습이 그대로 들어있었다.

나는 사진 앞에 발을 멈췄고 감동했고 눈물을 글썽였고 기도하고 있었다. 역시 박노해구나. 과거의 경력이 복권된 뒤 국가로부터 받은 보상금까지 거부하고 대신 카메라를 들고 세계 방방곡곡 오지로 나가 사진을 찍은 후 돌아온 박노해 시인. 사진기를 들고서도 그는 여전히 시인이었다.

나는 박노해 시인과 전혀 다른 방향으로 인생을 살아온 사람이다. 그러나 박노해 시인의 '다시/ 사람만이 희망이다.'에만은 의견 일치, 적극 마음을 합한다. 안 그런가? 사람만이 우리 인생의 출발이고 종착이다. 인간만이 우리 삶의 알파요, 오메 그 전부다.

전시장에서 근무하는 젊은이가 사인첩을 내밀었다. 나는 거기에 사인을 했다. '다시/ 저 산 너머/ 저 강물 너머/ 다시, 다시/ 만나야 할 사람/ 박노해, 박노해 시인.' 비좁은 계단을 올라 2층에 마련한 전시회. 라 카페 갤러리. 거기에 나는 나의 마음도 한 조각 남겨두고 왔다.

푸른 밤

너에게로 가지 않으려고 미친 듯 걸었던
그 무수한 길도
실은 네게로 향한 것이었다

까마득한 밤길을 혼자 걸어갈 때에도
내 응시에 날아간 별은
네 머리 위에서 반짝였을 것이고
내 한숨과 입김에 꽃들은
네게로 몸을 기울여 흔들렸을 것이다

사랑에서 치욕으로,
다시 치욕에서 사랑으로,
하루에도 몇 번씩 네게로 드리웠던 두레박

그러나 매양 퍼 올린 것은
수만 갈래의 길이었을 따름이다
은하수의 한 별이 또 하나의 별을 찾아가는
그 수만의 길을 나는 걷고 있는 것이다

나의 생애는

모든 지름길을 돌아서

네게로 난 단 하나의 에움길이었다

나희덕

나와 너. 이 세상, 특히 사람의 관계는 아주 복잡한 것 같지만 매우 단순하다. 딱 두 부분으로 구성되어있다는 것. 너와 나, 그 두 가지. '나'는 하나이지만 그 하나인 나를 제외한 모든 사람이 '너'라는 사실. 그래도 그중에서 소중한 것은 나이다. 하지만 그 소중한 내가 좋아지기 위해서는 네가 필요하고 너의 도움이 적극적으로 있어야 한다.

사랑이라는 것도 그러하다. 철저히 그것은 나와 너의 관계에서 오는 줄다리기 같은 것. 내가 아무리 사랑한다 해도 네가 받아주지 않으면 안 되는 것이 사랑이다. 누군가를 사랑하면서 우리는 타인의 존재에 대해서 학습한다. 타인의 존재나 기능에 따라 기뻐하기도 하고 슬퍼하기도 하고 외로워하기도 한다.

시인도 그렇다. 사랑의 줄다리 위에서 힘들어하고 고달파한다. 사랑의 파노라마. 꽃으로 피었다가 강물로 흘렀다가 산맥으로 솟았다가 끝내 별이 되기도 하는 사랑. 너와 반대쪽으로 향한 길이 오히려 너의 쪽으로 가까워지고 만 길. 그 길 끝에서 시인은 고백한다. '나의 생애는/ 모든 지름길을 돌아서/ 네게로 난 단 하나의 에움길이었다.' 여기서 '에움길'이란 '안으로 굽어든 길'을 말한다.

제주바다 1

누이야, 원래 싸움터였다.

바다가 어둠을 여는 줄로 너는 알았지?

바다가 빛을 켜는 줄로 알고 있었지?

아니다, 처음 어둠이 바다를 열었다. 빛이

바다를 열었지, 싸움이었다.

어둠이 자그만 빛들을 몰아내면 저 하늘 끝에서 빛들이 휘

몰아와 어둠을 밀어내는

괴로워 울었다. 바다는

괴로움을 삭이면서 끝남이 없는 싸움을 울부짖어 왔다.

누이야, 어머니가 한 방울 눈물 속에 바다를 키우는 뜻을

아느냐. 바늘귀에 실을 꿰시는

한반도韓半島의 슬픔을. 바늘구멍으로

내다보면 땀 냄새로 열리는 세상.

어머니 눈동자를 찬찬히 올려다보라.

그곳에도 바다가 있어 바다를 키우는 뜻이 있어

어둠과 빛이 있어 바다 속

그 뜻의 언저리에 다가갔을 때 밀려갔다

밀려오는 일상의 모습이며 어머니가 짜고 있는 하늘을.

제주 사람이 아니고는 진짜 제주바다를 알 수 없다.

누이야, 바람 부는 날 바다로 나가서 5월 보리 이랑

일렁이는 바다를 보라. 텀벙텀벙

너와 나의 알몸뚱이 유년이 헤엄치는

바다를 보라, 겨울날

초가지붕을 넘어 하늬바람 속 까옥까옥

까마귀 등을 타고 제주의

겨울을 빚는 파도 소리를 보라.

파도 소리가 열어놓는 하늘 밖의 하늘을 보라, 누이야.

문충성

제주도에 갈 때마다 특별한 감회가 있다. 어쩌면 제주도는 한국이 아니라 또 다른 조그만 독립된 나라, 외국이 아닐까 싶은 착각. 자연이 그렇고 인간의 삶이 그러했다. 갈 때는 설레는 마음이고 올 때는 애달픈 마음이 없지 않았다. 짠한 마음이 자꾸만 뒤를 돌아보게 한다.

무언가를 두고 간다는 마음. 말을 두고 가고 느낌을 두고 가는 마음. 바닷물이 더욱 유정하고 아열대 식물이며 시커먼 돌담길, 골목길이 자꾸만 눈에 밟힌다. 제주도 사람들은 자기들의 돌담을 '흑룡'이라 부르고 골목길을 '올레'라고 부른다지.

그 제주도에서 한번인가는 문충성 시인을 만난 일이 있다. 깊은 밤. 협죽도 꽃이 진한 분홍빛으로 피어서 사람을 들여다보는 찻집의 유리창 가에서. 제주도 토박이 시인은 제주도에 사는 것이 외롭다고 했다. 나는 육지에 사는 것도 외롭다고 했다.

제주도 사람이 인식하는 제주도의 속내는 훨씬 심각하다. 누이를 불러 어머니에게 전하는 제주도 소식은 육지 사람이 보고 느끼는 것보다 안으로 많이 균열이 가 있다. 제주도가 어쩌느니. 제주 바다가 어쩌느니 육지 사람이 섣불리 말할 일이 아니다. 제주도의 일은 제주도 사람에게 맡겨야 할 일이 아닌가 한다.

아내를 위한 자장가

바람에 서느러히 흔들리며
닿을 듯 하늘로 싱싱한
긴 너의 살눈썹은
푸르른 수림.

수림으로 둘리운 잔잔한 수면
하늘 먼
옛날로의 옛날로의
푸른 네 두 눈은
생각하는 호수.

그 호수, 그 눈, 이제는 오,
고요히 나의 품에
아가처럼 감으라.

흰 나랠 채곡 접듯
생각하는 지침과 꿈의 나랠 걷우고
아가처럼 안겨들어
밤 품에 쉬이라.

불에 타는 강물처럼

노을 이미 온 하늘 활활 타며 번져가고

흰 너의 이마 위를

먼 하늘 푸른 별들 덧덮여 흘러가면

나는

솟쳐 오는 바다 파도

노해 오는 파돌 막아 너의 곁에 살마.

반짝이는 아침이슬 수풀 사이를

점점한 붉은 꽃잎 어지러운 사이를

피 흘려 쫓겨 닫는 나어린 짐승 떼와

쫓는 짐승 포효소리

오늘도 어제 같고,

지리 지리 지리 지리……

목이 가는 풀벌레들 잎그늘에 엎드려

이제야 일제히

흘러드는 달빛 위에

울어 예며 있다.

약하나 비록
너를 비운 내 팔은 산맥으로 삼고
흰 너의 이마 위에 입술이랑 묻으며
아내여!

저 바람소릴 지켜 줄게 지금은 자렴.
짐승소릴 지켜 줄게 지금은 자렴.

이브. 오 나의 이브.
푸른 저, 숲을 넘어 들려오는
카인에게 죽이운 아벨의 피의 소리,
좇겨 나는 카인의 목을 놓는 울음소리,

여울처럼 세차 오는 울음소리들도
아, 이 밤,
자는 네겐 모르도록
나만 혼자 울마.

박두진

평소 시의 목소리가 우렁차고 주제가 컸던 시인이다. 다소 이념적이기도 했다. 그러나 이 시만은 다르다. 거의 유일하게 나긋나긋하다. '아내를 위한 자장가'라니? 제목부터가 감성적이다. 특별하다. 한 가정을 지키는 지아비의 따스함과 의지를 담았다. 전반부를 지나 중반까지 섬세함과 그윽함이 유지된다.

하지만 후반부로 내려오면서 잔잔한 톤에서 벗어나 거세어진다. 불의한 바깥세상에 맞서는 투사의 자세로 바뀐다. 마치 커다란 바닷물결을 거스르는 바위의 그것과 같다. 역시 박두진 시인답다. 그래도 이런 작품은 시인에게는 특별한 작품이고 기념할 만한 작품. 나는 결혼하기도 전 이런 작품을 읽으면서 나에게 없는 아내를 상상하고 아내와 보내는 추운 겨울밤 풍경을 그리곤 했다.

보리누름 때

보리누름 때
황토진흙 마르는 내음새
함뿍 핀 모란꽃에
꽃가루 꽃가루…… 숨이 매켜……
목 안에 감기는 엷은 갈증

아아 목말러라 목말러라

보리누름 한철은
누나 내음새 어매젖 내음새
잊었든 어매젖 내음새
큰아기 살결 내음새
목 안에 감기는 엷은 갈증

아아 외롭어라 외롭어라

박목월

박목월이란 이름은 나에게는 스승의 이름이기도 하고 아버지의 이름이기도 하다. 말하자면 문학으로서의 아버지란 말이다. 박목월 시인의 시를 처음 만난 것은 중학교 2학년 때의 일이지만 본격적으로 알게 된 것은 고등학교 1학년 재학시절, 공주사범대학 도서관에 있는 『청록집』을 빌려다 베끼면서이다.

그런 뒤 그분의 시 해설집 『보랏빛 소묘』(신흥출판사, 1959)를 사서 촘촘히 읽었다. 이 책은 당시 문학청년들의 교과서 같은 책. 시를 쓰는 과정이 소상히 밝혀져있어 시 쓰기의 입문서 같은 책이었다. 그 책 안에서 발견한 시가 바로 「보리누름 때」이다. '보리누름 때'란 '보리가 누릇누릇 익을 무렵'이란 뜻이다.

1940년 《문장》지 2월호에 발표되었다. 작품 발표 시기로 보아 『청록집』에 넣었어야 했고, 아니면 첫 시집 『산도화』에라도 수록했어야 했다. 하지만 그렇지 않았고 끝내 시인 생전에 낸 시 전집에도 넣지 않았다. 왜일까? 시인 자신이 시적 체질과 맞지 않는다는 판단 아래 그랬을 것이다. 일부러 그런 것이란 말이다. 그러나 나는 이 시가 좋다. 젊은 시인 박목월을 다시 만나는 것 같은 감회를 맛본다. 시인은 갔어도 시 안에 젊은 시인이 아직도 숨 쉬고 있음을 느낀다.

구절초

누이야 가을이 오는 길목 구절초 매디매디 나부끼는 사랑아

내 고장 부소산 기슭에 지천으로 피는 사랑아

뿌리를 대려서 약으로도 먹던 기억

여학생이 부르면 마아가렛

여름모자 차양이 숨었는 꽃

단추 구멍에 달아도 머리핀 대신 꽂아도 좋을 사랑아

여우가 우는 추분秋分, 도깨비불이 스러진 자리에 피는 사랑아

누이야 가을이 오는 길목 매디매디 눈물 비친 사랑아.

박용래

구절초는 음력으로 9월 9일, 중양절에 피는 꽃이고 마디가 아홉 개 자란 줄기 끝에 피어나는 꽃이라 해서 구절초라 한다. 가을을 상징하는 꽃. 아니 가을을 데리고 오는 꽃. 심은 사람도 없는데 산기슭에 제멋대로 자라 새하얀 소복 차림으로 예쁘게도 피어나는 꽃이다.

나 자신 이 꽃을 얼마나 좋아했는지 모른다. 여러 차례 시로도 썼는데 나는 이 꽃의 이름이 구절초인 줄 모르고 '들국화'라고 썼다. 시인이 된 뒤, 박용래 시인과 가깝게 지내면서 이 꽃이 구절초라는 걸 알았다. 바로 위의 시가 그렇게 하도록 도와준 것이다.

구절초 꽃 위에 누이에 대한 그리움이 겹쳐지고 어렸을 때의 기억이 겹쳐진다. 시인이 말하는 누이는 실지로 '홍래'란 이름을 가진 시인의 누님을 말한다. 막내로 태어난 시인을 엄마처럼 돌봐주던 누님. 시집가 애기 낳다가 세상을 떠난 슬픈 누님. 그 누님을 못 잊이 아이처럼 눈물 흘리며 울던 생전의 시인을 나는 여러 차례 본 일이 있다.

목마와 숙녀

한 잔의 술을 마시고
우리는 버지니아 울프의 생애와
목마를 타고 떠난 숙녀의 옷자락을 이야기한다
목마는 주인을 버리고 거저 방울소리만 울리며
가을 속으로 떠났다 술병에 별이 떨어진다
상심한 별은 내 가슴에 가벼웁게 부숴진다
그러한 잠시 내가 알던 소녀는
정원의 초목 옆에서 자라고
문학이 죽고 인생이 죽고
사랑의 진리마저 애증의 그림자를 버릴 때
목마를 탄 사랑의 사람은 보이지 않는다
세월은 가고 오는 것
한때는 고립을 피하여 시들어가고
이제 우리는 작별하여야 한다
술병이 바람에 쓰러지는 소리를 들으며
늙은 여류작가의 눈을 바라다보아야 한다
……등대燈臺에……
불이 보이지 않아도
거저 간직한 페시미즘의 미래를 위하여

우리는 처량한 목마 소리를 기억하여야 한다

모든 것이 떠나든 죽든

거저 가슴에 남은 희미한 의식을 붙잡고

우리는 버지니아 울프의 서러운 이야기를 들어야 한다

두 개의 바위틈을 지나 청춘을 찾은 뱀과 같이

눈을 뜨고 한 잔의 술을 마셔야 한다

인생은 외롭지도 않고

거저 잡지의 표지처럼 통속하거늘

한탄할 그 무엇이 무서워서 우리는 떠나는 것일까

목마는 하늘에 있고

방울 소리는 귓전에 철렁거리는데

가을 바람소리는

내 쓰러진 술병 속에서 목메어 우는데

박인환

멋들어진 작품이다. 시집에서도 읽었지만 박인희라는 가수의 음성에 실린 낭송 테이프에서도 들었다. 그러니까 읽는 시이기도 하고 듣는 시이기도 하다는 말이다. 마치 서양의 샹송을 듣는 듯한 느낌. 애당초 시인의 의도가 그랬을지도 모른다.

광복이 이루어지고 얼마 안 있어서 일어난 1950년 남북전쟁. 전쟁이 평정되어 폐허가 된 수도 서울로 돌아온 사람들. 그 가운데 박인환 시인. 사진에서 보면 홈스펀코트 차림으로 활짝 웃고 있는 시인의 모습이 지금의 눈으로 봐도 멋지다.

댄디즘의 화신처럼 한 구절 한 구절이 낭만이 깃든 문장이다. 어느 부분은 조금쯤 과장이 되고 어느 부분은 현실과도 맞지 않고……. 그러나 낭만이란 것이, 청춘이란 것이 그런 것이 아닐까. 약간의 과장. 약간의 허세. 아무리 세월 가도 시들지 않고 변하지 않는 저 낭만과 청춘이 들어있는 시에게 축배를 전하고 싶다. 브라보!

산노을

먼 산을 호젓이 바라보면
누군가 부르네
산 너머 노을에 젖는 내 눈썹에
잊었던 목소린가
산울림 외로이 산 넘고
행여나 또 들리는 한 마음
아아, 산울림이 내 마음 울리네
다가왔던 봉우리 물러가면
산 그림자 슬며시 지나가네.

나무에 가만히 기대보면
누군가 숨었네
언젠가 꿈속에 와서 내 마음에
던져진 그림잔가
돌아서며 수줍게 눈감고
가지에 또 숨어버린 모습
아아, 산울림이 그 모습 더듬네
다가섰던 그리운 바람 되어
긴 가지만 어둠에 흔들리네.

유경환

언론인과 시인을 함께 살았던 유경환 시인. 빼어난 동시로 더욱 알려진 유경환 시인. 그러나 여기서는 노래의 가사 하나를 들고 나왔다. 모든 노래는 그 바탕이 시이다. 시가 있고 노래가 따르는 것이 순서니까. 시를 읽고 작곡하는 분이 감흥을 받아 노래로 만들었을 것이다.

그대로 노래 1절과 2절이다. 아니, 시의 1연과 2연이다. 반복과 병치를 앞세워 느낌이 앞으로 나아간다. 유려하다. 시원하다. 가슴을 쓸어내린다. 어느덧 우리들 가슴 속에도 푸르게 우거진 산이 하나 들어오고 산을 배경으로 산노을도 들어온다. 젊은 산, 젊은 노을 앞에 가슴이 환해진다.

선물 받은 날

춘삼월 초아흐레
볕 밝은 대낮에
홀연히 내게
한 천사를 보내셨다

청 드린 적 없음에도
하늘은
곱고 앙징스런
아기천사 하나를

탐낸 적 없음에도
거저 선물로 주시며

이제
너는 어머니라

세상에서 제일로
복된 이름도
함께 얹어주셨다.

유안진

오래전 나는 시인이 직접 보내준 시집을 읽다가 깜짝 놀란 일이 있다. 바로 위의 시를 읽었을 때. '선물'에 대한 새로운 해석과 함께 인간관계의 아름다움과 거룩함을 새삼 돌아보게 했던 것이다.

아, 그렇구나. 세상에 저 혼자 되는 일이란 아무 것도 없구나. 한 젊은 여성이 어머니가 되는 것도 자기 혼자 되는 것이 아니라 자기 몸을 빌려 아기가 태어나므로 어머니가 되는 것이구나. 그것은 또 하나의 탄생이었던 것이다.

그렇다. 한 사람 아기가 세상에 태어남으로 수없이 많은 새로운 이름들이 더불어 태어나고 새로운 인간관계가 성립되는 것이었다. 이러한 거룩한 생명의 탄생과 그 고리 앞에 머리 숙여 나는 경배드리고 싶은 마음이다.

그리움

파도야 어쩌란 말이냐
파도야 어쩌란 말이냐
님은 뭍같이 까딱 않는데
파도야 어쩌란 말이냐
날 어쩌란 말이냐

유치환

청마 유치환 시인에게는 목청이 높은 시가 있는가 하면 이렇게 섬세하고 유약한 심정을 솔직 담백하게 써 내려간 작품도 있다. 그리움은 인간의 영원한 정조. 우선은 누군가를 보고 싶어 애타는 마음. 자기에게 없는 것, 상실된 것을 회복하고 싶어 하는 마음. 간절함. 서정시의 영원한 주제다.

이 시가 발표된 것은 1935년 《시원》이란 문예지. 1931년 등단하고 1939년 첫 시집을 냈으니까 그 사이에 씌어진 작품이다. 시대상에 비추어 볼 때 이 시의 내용은 일본의 식민지 백성으로 살던 한 젊은이의 울분과 안타까움이 들었다고 할 수 있겠다.

그런데도 굳이 시인의 개인사적인 비화와 연결시켜 말하고 싶어 하는 건 아무래도 무리한 의도와 작업이라 할 것이다. 가령, 6·25 전쟁 당시 부산에서 피난살이 할 때의 심정을 쓴 것이라느니 어떤 여성 시인과 관련된 것이라느니 하는 소문들 말이다. 그런 스캔들이나 역사적 사실과 무관하게 그저 시로써 읽으셨으면 싶다.

쉽게 쓰여진 시

창밖에 밤비가 속살거려
육첩방六疊房은 남의 나라,

시인이란 슬픈 천명天命인 줄 알면서도
한 줄 시를 적어볼까,

땀내와 사랑내 포근히 품긴
보내주신 학비 봉투를 받아,

대학 노―트를 끼고
늙은 교수의 강의를 들으러 간다.

생각해 보면 어린 때 동무들
하나, 둘, 죄다 잃어버리고,

나는 무얼 바라
나는 다만, 홀로 침전沈澱하는 것일까?

인생은 살기 어렵다는데

시가 이렇게 쉽게 씌어지는 것은
부끄러운 일이다.

육첩방은 남의 나라
창밖에 밤비가 속살거리는데,

등불을 밝혀 어둠을 조금 내몰고
시대처럼 올 아침을 기다리는 최후의 나,

나는 나에게 작은 손을 내밀어
눈물과 위안으로 잡는 최초의 악수.

윤동주

필사시집 『하늘과 바람과 별과 시』를 세 권 묶어 연희전문학교 스승인 이양하 교수와 학교 후배인 정병욱과 자신이 각각 나누어 갖고 일본 유학을 떠나 교토에 있는 도지샤同志社 대학에서 공부할 때 쓴 작품이다. 한국에 남아 있던 강처중이란 연희전문 동기에게 편지와 함께 보낸 작품이라는데 편지는 사라지고 작품만 남게 되어 안타까운 심정이 없지 않다.

시의 도입부터가 심상치 않다. 내선일체內鮮一體가 공식화되었던 그 시절 시인은 일본 땅을 '남의 나라'라고 당당하게 말하고 있다. 여간한 용기가 아니면 가능한 일이 아니다. '육첩방'이란 말도 그렇다. 육첩방이란 일본식 가옥구조인 다다미방을 한자 발음으로 표현한 말이다. 굳이 그렇게까지 한자식 발음으로 쓴 건 왜일까? 그만큼 시인의 마음속에 민족정신이 강고하게 자리하고 있었음을 말해주는 한 증거다.

특히 나는 시의 중간 부분 '인생은 살기 어렵다는데/ 시가 이렇게 쉽게 씌어지는 것은/ 부끄러운 일이다', 이 대목에서 머리가 다시 한 번 숙여지고 나 자신 부끄러움을 느끼면서 시인의 결기에 절하게 된다.

나막신

은하 푸른 물에 머리 좀 감아 빗고
달 뜨걸랑 나는 가련다
목숨 수壽자 박힌 정한 그릇으로
체할라 버들잎 띄워 물 좀 먹고
달 뜨걸랑 나는 가련다
삽살개 앞세우곤 좀 쓸쓸하다만
고운 밤에 딸그락 딸그락
달 뜨걸랑 나는 가련다

이병철

이병철 시인은 1950년 한국전쟁이 발발하면서 북한으로 넘어간 시인이다. 그래서 오랫동안 작품과 이름이 가려졌던 시인이다. 광복 이후 한 시절 중학교 국어 교과서에 시가 수록된 시인임에도 말이다. 언젠가 금산에 문학 강연 갔을 때 함께 초청되어 온 신경림 시인한테서 들은 시가 바로 이 시이고 이 시인이다. 놀랍고 신선했다. 좋았다. 대뜸 우리 민족의 정서가 한껏 정갈하게 새겨져있다는 것을 느낄 수 있었다.

굳이 시의 덩치가 웅장할 필요는 없다. 목소리가 높을 까닭도 없다. 조곤조곤 말하되 마음을 울리면 된다. 어디론가 떠나는 사람의 뒷모습 같은 것이 어른거린다. 그럼에도 불구하고 그에게는 여유가 있고 멋스러움까지 있다. 우리가 잊고 사는 우리의 또 다른 초상이다.

꽃나무

벌판한복판에꽃나무하나가있소. 근처에는꽃나무가하나도
없소. 꽃나무는제가생각하는꽃나무를열심으로생각하는것
처럼열심으로꽃을피워가지고섰소. 꽃나무는제가생각하는
꽃나무에게갈수없소. 나는막달아났소. 한꽃나무를위하여
그러는것처럼나는참그런이상스러운흉내를내었소.

이상

천재시인 이상. 본명은 김해경. 조선총독부 기사로 일할 때 함께 일하는 일본인들이 '김 씨'인 것을 모르고 '이 씨'라는 말을 일본인 저희들 말로 '이상'하고 부르는 바람에 필명을 그렇게 지은 시인. 이런 데서부터 시인이 괴짜란 생각이 없지 않다.

우리가 알 듯 시인의 대표작은 「오감도」. 역시 '조감도'라고 할 것을 '오감도'라고 하여 세인의 주목을 받았고 오늘날도 주목받는 시인. 이상의 시는 이상스럽다는 것이 오히려 정상이라는 것이 나의 솔직한 생각이다.

위의 시도 정상이 아니다. 띄어쓰기도 그렇고 문장의 내용도 그러하다. '꽃나무가하나도없'다면서 그 꽃나무가 꽃을 피웠다는 것부디가 그렇다. 모순된 현실, 가혹한 시대의 어둠이거나 절망을 그렇게 표현했겠거니 짐작할 뿐이다.

마타리꽃

갸름한 목 하늘로 빼올리고
수줍어 웃는 마타리꽃

곁에서 너를 바라보고 서 있으면
멀리 떠나간 그리운 사람 앞에
돌아와 서 있는 나를 보게 된다.

너와 함께 들길을 걸어가면
하늘의 물소리가 들린다.
별들과도 이야기한다.

허수아비가 바람에 흔들리고
송아지가 운다.
낮달이 하느님처럼 어깨너머 다정하다.

구름의 손짓을 느끼며
옛사람을 생각하는 마타리꽃

이젠 사랑하리라.

기다림을 넘어서 기도하리라.

너의 등 뒤에 황혼이 붉게 깔리고
별이 뜬다.

더 많은 별이 뜨면 너와
물을 건너 너의 나라로 가리라.

이성선

시인 이성선. 선한 산양과 같이 조심스럽게 세상을 밟고 간 사람. 하늘의 별과 바람을 사랑했던 시인. 그에게는 언제나 식물성의 향내가 났고 어딘가 모르게 이 세상 사람이 아닌 듯한 순교자적인 분위기가 있었다.

그가 사랑한 꽃 마타리꽃. 그립다. 보고 싶다. 구절구절 그의 말은 이제 나의 말이기도 하다. '이젠 사랑하리라./ 기다림을 넘어서 기도하리라.', '더 많은 별이 뜨면 너와/ 물을 건너 너의 나라로 가리라.' 그가 마타리꽃 너머 '낮달'처럼 '하느님'처럼 웃고 있다면 나도 자리에서 일어나 그를 만나러 가리라.

오랑캐꽃

— 긴 세월을 오랑캐와의 싸움에 살았다는 우리의 머언 조상들이 너를 불러 '오랑캐꽃'이라 했으니 어찌 보면 너의 뒷모양이 머리태를 드리운 오랑캐의 뒷머리와도 같은 까닭이라 전한다. —

아낙도 우두머리도 돌볼 새 없이 갔단다
도래샘도 뗏집도 버리고 강 건너로 쫓겨갔단다
고려 장군님 무지무지 쳐들어와
오랑캐는 가랑잎처럼 굴러갔단다

구름이 모여 골짝 골짝을 구름이 흘러
백 년이 몇 백 년이 뒤를 이어 흘러갔나

너는 오랑캐의 피 한 방울 받지 않았건만
오랑캐꽃
너는 돌가마도 털미투리도 모르는 오랑캐꽃
두 팔로 햇빛을 막아 줄게
울어 보렴 목 놓아 울어나 보렴 오랑캐꽃

이용악

내가 문단에 나와 처음 만난 분은 물론 박목월·박남수 시인 두 분이시다. 그분들이 나를 《서울신문》 신춘문예 시 부문에서 당선자로 뽑아주셨기 때문이다. 그런 다음 만난 분은 대전의 박용래 시인. 박목월 시인의 소개였다.

오며 가며 여러 차례 만났다. 만날 때마다 그분은 술을 마셨으며 술을 마시면 울었다. 한번인가는 내가 알지 못하는 시를 줄줄 외우며 우는 것이었다. 흥분한 나머지 자리에서 벌떡 일어나기까지 했다. 바로 이용악 시인의 「오랑캐꽃」이란 시. 놀라웠다. 시의 분위기나 틀이 전혀 달랐다.

누구의 무슨 시냐고 물었을 때 그분은 시를 외우던 걸 멈추고 경멸 섞인 눈길로 좌중을 내려다보면서 한마디 했다. "이런 시도 모르면서 니들이 무슨 시인이라고 그러니!" 그렇게 해서 알게 된 시가 바로 위의 시이다.

시의 마지막 구절을 외울 때는 팔을 크게 벌리고 더욱 크게 울먹였다. "두 팔로 햇빛을 막아 줄게/ 울어 보렴 목 놓아 울어나 보렴 오랑캐꽃." 오히려 시를 외우는 박용래 시인이 더 비통했다. 무언가 커다란 사건이 숨어 있을 것만 같은 시. 시의 제목 아래 줄(―)을 긋고 길게 쓰여진 문장은 서사序詞라고 불리는 문장이다. '부제'라고 부르기도 하는데 여기서는 긴 문장이라서 그렇게 보기 어렵다. 시를 제대로 읽으려면 북한 사람들의 언어를 좀 살펴야 한다.

* 머리태: 길게 타래진 머리털.

* 도래샘: 빙 돌아서 흐르는 샘물.

* 띳집: 띠(볏과의 여러해살이풀)로 지붕을 이어 지은 집.

* 털미투리: 짐승의 털을 꼬아서 만든 짚신 모양의 신.

정동 골목

얼마나 우쭐대며 다녔었나,
이 골목 정동 길을.
해진 교복을 입었지만
배움만이 나에겐 자랑이었다.

도서관 한구석 침침한 속에서
온종일 글을 읽다
돌아오는 황혼이면
무수한 피아노 소리,
피아노 소리
분수와 같이 눈부시더라.

그 무렵
나에겐 사랑하는 소녀 하나 없었건만
어딘가 내 아내 될 사람이 꼭 있을 것 같아
음악 소리에 젖는 가슴 위에
희망은 보름달처럼 둥긋이 떠올랐다.

그 후 20년

커어다란 노목이 서 있는 이 골목

고색창연한 긴 기와 담은

먼지 속에 예대로인데

지난날의 소녀들은 어디로 갔을까?

오늘은 그 피아노 소리조차 들을 길 없구나.

장만영

회상의 시이고 애상이 넘쳐흐르는 시다. 이런 시를 센티멘털이라 해서 내박치는 경향이 있는데 굳이 그럴 필요는 없다고 본다. 애상도 인간의 감정이다. 오히려 이러한 애상이 인간의 마음을 다스려 주고 온순하게 만들어주고 맑게 청소해주는 일을 한다고도 본다.

황해도 백천에서 부잣집 아들로 태어나 서울로 유학 온 한 젊은이가 청운의 뜻을 품고 공부하면서 꿈꾸던 정동 골목의 모습과 이제는 세월이 20년이나 흘러 다시 돌아와 보는 정동 골목의 모습이 함께 담겼다. 쓸쓸하지만 아름다운 회상. 나약하지만 선량한 인간미가 있다.

시에 나오는 정동은 오늘날 서울의 중구 서소문로에 있는 그 정동을 말한다. 부근에 고궁과 학교와 외국 대사관과 여러 가지 문화시설이 즐비하게 들어선 유서 깊은 거리, 고풍스런 거리다. 그 거리에 있었던 배재 학당은 민족시인 김소월이 다니던 학교이기도 하다.

능금나무에서

능금나무 가지에서

당신을 기다리는 능금

나는 능금

아직은 어리고 철이 없어도

시기만 하진 않아요

당신이 깨물면 달기도 해요

허지만 허지만

가을이 오기까지는

햇살이 되어주세요

당신은 나를 기다리는

햇살이 되어주세요

전봉건

이 시는 청소년 시절 내가 만든 스크랩에서 옮겨온 것이다. 당시, 어떤 신문 한쪽에 실려있던 글을 내가 오려두었다가 스크랩으로 만들어 오늘까지 보관하여 온 것이다. 나중에 시인의 시 전집을 보니 이 글이 많이 고쳐진 것을 알았다. 하지만 나는 내가 스크랩한 자료의 원문 그대로를 옮겼다.

읽어보면 알겠지만 부드러운 고백체의 문장이 노랫말을 연상시킨다. 어쩌면 샹송의 가사 하나를 염두에 두고 시인은 이 글을 썼을지도 모른다. 앳된 소녀의 마음이 들어있다. 사랑스럽다. 귀엽다. 남성 시인이지만 그의 마음속에는 이렇게 예쁜 소녀 한 사람 살았었나 보다. 시인 대신 뒤에 남은 내가 그 소녀를 가끔 만난다.

그대

우리는 누구입니까
빈 언덕에 자운영꽃
혼자 일어설 수 없는 반짝이는 조약돌
이름을 얻지 못한 구석진 마을에 투명한 시냇물
일제히 흰 띠를 두르고 스스로 다가오는 첫눈입니다

우리는 무엇입니까
늘 앞질러 사랑케 하실 힘
덜어내고도 몇 배로 다시 고이는 힘
이파리도 되고 실팍한 줄기도 되고
아, 한 몸에 그대를 다 품을 수 있는
씨앗으로 남고 싶습니다

허물없이 맨발인 넉넉한 저녁입니다
뜨거운 목젖까지 알아내고도
코끝으로까지 발이 저린 우리는
나무입니다

우리는 어떤 노래입니까

이노리나무 정수리에 낭낭 걸린 노래 한 소절
아름다운 세상을 눈물 나게 하는
눈물 나는 세상을 아름답게 하는
그대와 나는 두고두고 사랑해야 합니다

그것이 내가 네게로 이르는 길
네가 깨끗한 얼굴로 내게로 되돌아오는 길
그대와 나는 내리내리 사랑하는 일만
남겨두어야 합니다

정두리

처음 나는 정두리 시인이 동시만 예쁘게 쓰는 시인인 줄로 알았다. 그런데 이태원이란 가수가 부르는 「그대」라는 노래에 시 낭송으로 이 시가 들어간 것을 듣고 놀란 일이 있다. 아, 대중가요에 시를 넣어 낭송해도 좋은 느낌이 드는구나, 그런 생각이 들었다. 이제는 그만큼 생각의 틀을 깨야 할 때가 아닌가 싶다.

시의 흐름이 유려하다. 거침이 없다. 우리는 과연 누구이고 어떻게 살아야 잘 사는 인생인가를 묻고 재차 묻고 또 대답하고 있다. 마음속에 나름대로 해답이 온다. 그렇지, 그래. 고개가 저절로 끄덕여진다. 인생도 이런 때는 서로 고맙고 허물없이 자유스러워지고 정다워지기 마련이다.

낙화

꽃이 지기로서니
바람을 탓하랴.

주렴 밖에 성긴 별이
하나둘 스러지고,

귀촉도 울음 뒤에
머언 산이 다가서다.

촛불을 꺼야 하리
꽃이 지는데,

꽃 지는 그림자
뜰에 어리어,

하얀 미닫이가
우련 붉어라.

묻혀서 사는 이의

고운 마음을,

아는 이 있을까
저어하노니,

꽃이 지는 아침은
울고 싶어라.

조지훈

한국의 시작품 가운데에는 유명한 '낙화' 시 두 편이 있다. 한 편은
조지훈 시인의 「낙화」요, 한 편은 이형기 시인의 「낙화」다. 두 편 모
두 참 아름다운 정조를 다루고 있으면서도 서로 다른 면을 지니고
있다. 화이부동 和而不同이라 그럴까. 여기서는 조지훈 시인의 낙화.
시대가 좀 빠르다. 일제 침략기, 힘든 시기. 그것도 일본이 제2차
대전을 벌여 세상이 끝장으로 치달을 때. 시인은 이것저것 세상일
보기 싫어 아예 강원도 월정사란 절로 스며들어 그곳 불교 강원의
강사로 일하고 있을 때의 작품이다.

세상을 등진 사람의 한스러움과 안타까움, 그러면서도 지워지지 않는 그리움 같은 것들이 맑고 깨끗한 언어에 실려 잘 나타나있다. 마치 바람에 가볍게 날리는 산제비꽃 보랏빛 이파리처럼 애처롭다. 읽으면 단박에 그 느낌이 온다.

젊은 시절 나는 이 작품을 입에 달고 살았다. 나 또한 힘든 인생 모래알 씹는 것 같은 날들. 이런 시라도 읊조리다 보면 마음에 물기가 다시 생기곤 했으니까 이런 시는 얼마나 다행스런 위로였을까 보냐.

특히 이런 구절이 좋았다. '꽃이 지는 아침은/ 울고 싶어라.' 이런 구절을 나는 '꽃이 피는 아침은/ 울고 싶어라'라고 고쳐 읽으면서 혼자서 울컥하여 치솟는 눈물을 삼키곤 했다. 위의 시에는 예스런 표현의 단어가 몇 개 나온다.

---

* 성긴 별: 별과 별 사이가 조밀하지 않고 간격이 넓다.

* 우련 붉어라: 엷게 붉어라. 우련하다: 형용사. 형태가 약간 나타나 보일 정도로 희미하다. 빛깔이 엷고 희미하다.

* 저어하노니: 걱정하노니.

보리피리

보리피리 불며
봄 언덕
고향 그리워
피-ㄹ 닐니리.

보리피리 불며
꽃 청산
어린 때 그리워
피-ㄹ 닐리리.

보리피리 불며
인환人實의 거리
인간사 그리워
피-ㄹ 닐리리.

보리피리 불며
방랑의 기산하幾山河
눈물의 언덕을
피-ㄹ 닐니리.

한하운

한센병 환자였던 시인. 함경남도 함주에서 태어나 중국에 가서 대학 공부를 마친 지식인. 한센병에 걸려 가산을 탕진하고 남한 지역으로 내려와 떠돌이 생활을 하다가 시인이 되었다. 그것이 해방과 한국전쟁으로 어수선하던 때. 시인은 깡통을 들고 서울 거리를 돌며 구걸하던 중 서점 앞을 지나다가 자신의 시집이 나온 걸 보았노라 한다.

참으로 운명적인 시인이다. 그것이 1949년 『한하운 시초』. 그리고 1955년에 두 번째 시집 『보리피리』. 두 번째 시집의 제목이기도 한 「보리피리」란 이 시도 그렇다. 유년의 행복했던 추억의 대명사인 '보리피리'란 소재에 자신의 형편과 정한을 실었다. 천형天刑 같은 질병과 불행한 현실을 앞에 두고서도 시의 문장은 매우 맑고 천진하기까지 하다.

모름지기 이것은 시인의 타고난 인간적 바탕과 됨됨이가 선량해서 그랬을 것이다. 한센병에 걸린 거지 신세로 사람들 눈총을 피해 먹을 것을 구걸하는 입장에서 세상으로의 삶으로 돌아가고 싶어 하는 저 사람의 소망은 못내 안타깝고 눈물겹기만 하다. 지극히 부정적인 상황을 긍정으로 바꾸는 이러한 능력은 오늘날 우리에게 너무나도 필요하고 그리운 능력이다. 진정한 인생 찬가라 할 만하다.

＊인환(人寰): 인간의 세계.

＊기산하(幾山河): 여러 산하. 여기저기. 幾: (기) 몇, 얼마, 어느 정도의 뜻.

꽃잎 되어서 날아가 버린다

참을 수 없게 아득하고 헛된 일이지만

어쩌면 세상 모든 일을

지척의 자로만 재고 살 건가.

가끔 바람 부는 쪽으로 귀 기울이면

착한 당신, 피곤해져도 잊지 마

아득하게 멀리서 오는 바람의 말을.

2

살아가며 꼭 한 번은
만나고 싶은 사람

너를 위하여

나의 밤 기도는
길고
한 가지 말만 되풀이 한다.

가만히 눈을 뜨는 건
믿을 수 없을 만치의
축원.

갓 피어난 빛으로만
속속들이 채워 넘친 환한 영혼의
내 사람아.

쓸쓸히
검은 머리 풀고 누워도
이적지 못 가져본
너그러운 사랑.

너를 위하여
나 살거니

소중한 건 무엇이나 너에게 주마.

이미 준 것은
잊어버리고
못 다 준 사랑만을 기억하라
나의 사람아.

눈이 내리는
먼 하늘에
달무리 보듯 너를 본다.

오직
너를 위하여
모든 것에 이름이 있고
기쁨이 있단다
나의 사람아.

김남조

젊은 날 얼마나 이런 시를 읽고 힘을 얻었는지 모른다. 좋았는지
모른다. 아, 나도 살아가리라. 누군가를 사랑하리라. 깨끗한 마음으
로 사랑하리라. 그리고는 멀리 가리라. 기도였고 맹세였다. 그만 무
너져 내리고 싶은 마음을 지탱하는 마음의 버팀목이 되었다.

구구절절이 좋았다. 젊은 날 좋은 시를 만나는 것은 하나의 축복
이고 행운이다. 고달프고 절망 같은 현실 속에서도 그 무엇으로도
대체할 수 없는 용기와 소망이다. 그러고 보면 문장의 힘은 크고
시의 힘은 더욱 크고 넓다. 나를 살린 힘이 이런 시의 문장 속에
들어있었음을 나는 나이 든 사람이 되어서도 잊지 못한다.

바람의 말

우리가 모두 떠난 뒤
내 영혼이 당신 옆을 스치면
설마라도 봄 나뭇가지 흔드는
바람이라고 생각지는 마.

나 오늘 그대 알았던
땅 그림자 한 모서리에
꽃나무 하나 심어 놓으려니
그 나무 자라서 꽃 피우면
우리가 알아서 얻은 모든 괴로움이
꽃잎 되어서 날아가 버릴 거야.

꽃잎 되어서 날아가 버린다.
참을 수 없게 아득하고 헛된 일이지만
어쩌면 세상 모든 일을
지척의 자로만 재고 살 건가.
가끔 바람 부는 쪽으로 귀 기울이면
착한 당신, 피곤해져도 잊지 마,
아득하게 멀리서 오는 바람의 말을.

마종기

아, 바람의 말이네. 발도 없이 흘러가고 팔도 없이 만지고 입도 없이 말하고 귀도 없이 듣는 바람. 허무하면서도 안타깝고 서러운 바람. 실은 그 바람은 내가 사랑했던 사람의 영혼. 바람이었기에 자취 없이 내 곁을 맴돌면서 나를 지켜보면서 나에게 말을 하네.

사랑했다고, 사랑한다고, 사랑할 것이라고. 사랑의 헛헛함, 덧없음이여. 원대함이여. '착한 당신, 피곤해져도 잊지 마' 이 말 한마디에 우리는 그만 무너져버리고 만다. 그냥, 무조건 착한 사람이 되어버리고 만다. 사랑 앞에서 일어나는 기적, 사랑의 힘이고 시의 힘이다.

가재미

김천의료원 6인실 302호에 산소마스크를 쓰고 암 투병 중
인 그녀가 누워 있다
바닥에 바짝 엎드린 가재미처럼 그녀가 누워 있다
나는 그녀의 옆에 나란히 한 마리 가재미로 눕는다
가재미가 가재미에게 눈길을 건네자 그녀가 울컥 눈물을
쏟아낸다
한쪽 눈이 다른 한쪽 눈으로 옮아 붙은 야윈 그녀가 운다
그녀는 죽음만을 보고 있고 나는 그녀가 살아온 파랑 같은
날들을 보고 있다
좌우를 흔들며 살던 그녀의 물속 삶을 나는 떠올린다
그녀의 오솔길이며 그 길에 돋아나던 대낮의 뻐꾸기 소리며
가늘은 국수를 삶던 저녁이며 흙담조차 없었던 그녀 누대
의 가계를 떠올린다
두 다리는 서서히 멀어져 가랑이지고
폭설을 견디지 못하는 나뭇가지처럼 등뼈가 구부정해지던
그 겨울 어느 날을 생각한다
그녀의 숨소리가 느릅나무 껍질처럼 점점 거칠어진다
나는 그녀가 죽음 바깥의 세상을 이제 볼 수 없다는 것을
안다

한쪽 눈이 다른 쪽 눈으로 캄캄하게 쏠려버렸다는 것을 안다
나는 다만 좌우를 흔들며 헤엄쳐 가 그녀의 물속에 나란히
눕는다
산소호흡기로 들이마신 물을 마른 내 몸 위에 그녀가 가만
히 적셔준다

문태준

유명한 시다. 아니, 젊은 시인을 일약 유명한 시인으로 만들어준 시다. 이 시로 하여 시인은 '가자미 시인'이 되었다. 바닷물 깊숙이 엎드려 사는 생선, 가자미. 눈이 한쪽으로 몰린 걸 볼 때마다 사람들은 안쓰러운 느낌을 가졌으리라.

시인이 이제 생의 마지막 고비를 견디는 누군가를 병문안 갔다. '그녀'라고 부르는 걸 보니 여성인가 보다. '김천의료원 6인실 302호에 산소마스크를 쓰고 암 투병 중인 그녀가 누워 있다'란 문장에서 그녀의 구체적인 신상이 나온다.

그가 누군들 어떠랴. 암 투병으로 산소마스크를 쓰고 투병 중이란 것이 더 소중한 정보다. 대뜸 시인은 그녀가 바다 밑에 엎드린 가자미 같다고 생각한다. 그런 생각과 함께 그녀 옆에 시인이 따라 눕는다. 그런 다음엔 시인도 가자미가 된다.

두 마리의 가자미가 눈으로 인사하고 눈으로 말을 하고 눈으로 의사소통을 한다. 두 사람의 저 말 없는 대화. 오로지 측은지심의 발로 앞에 우리도 울컥, 눈물이 솟고 그들 옆에 고요히 엎드린 가자미가 된다. 가자미란 물고기가 이렇게 인격과 가까이 오기는 처음이다. 시인의 진심이 그렇게 한 일이다.

은수저

산이 저문다.
노을이 잠긴다.
저녁 밥상에 애기가 없다.
애기 앉던 방석에 한 쌍의 은수저
은수저 끝에 눈물이 고인다.

한밤중에 바람이 분다.
바람 속에서 애기가 웃는다.
애기는 방 속을 들여다본다.
들창을 열었다 다시 닫는다.

먼—들길을 애기가 간다.
맨발 벗은 애기가 울면서 간다.
불러도 대답이 없다.
그림자마저 아른거린다.

김광균

어찌 가슴이 아프지 않으랴. 아기를 낳아 예쁘게 기르다가 그 아기를 잃은 어버이 마음. 환상이었겠지. 저녁 시간, 날이 저물고 상을 차려 밥을 먹으려 하는데 밥상에 아기가 없음을 깨닫게 된다. 이미 세상에는 없는 아기인데도 어버이의 마음에는 여전히 그 아기가 살아있기 때문이다.

밥상에 없는 아기를 문득 찾는 어버이 마음. 나도 아이를 낳아서 길러본 사람이고 누군가의 아들이고 손자이기에 그 마음을 너무도 잘 안다. 얼마나 마음이 저렸을까! 그 마음이 아기가 밥을 먹던 은수저를 보게 하고 또 은수저 끝에 맺힌 눈물을 보게 한다.

그러고 보니 그 아기는 수저로 밥을 먹을 정도로 성장한 아기였던가 보다. 그러니 그 마음이 더욱 크고 지극했을 것이다. 그 이하 나머지를 자꾸 밝힘은 군더더기 잔소리일 뿐, 시에게 물어볼 일이다.

엄마

아내가 집에 있다

아파트 문
열기 전
걸음이 빨라진다

어렸을 때
엄마가 있는 집에
올 때처럼

나기철

대체로 남성들은 철이 늦다. 아예 철들기를 포기하기도 한다. 나이
를 먹었지만 여전히 어린아이 짓을 한다. 마음이 더 어린애 같다.
성인이 되고 결혼하여 자식까지 낳고 살면서도 남성들은 그 마음
속에 어머니를 지우지 못한다. 그래서 때로는 아내를 어머니라고
우긴다. 남성들이여. 아들들이여. 남편들이여. 자책하지 말자. 남자
의 마음속엔 언제나 여자가 있다. 여자가 있는 곳이 집이고 낙원이
고 그대가 '쉴 만한 물가' 안식처다.

옛 마을을 지나며

찬 서리
나무 끝을 나는 까치를 위해
홍시 하나 남겨둘 줄 아는
조선의 마음이여.

김남주

시를 아는 독자들이 이미 알고 있듯이 김남주란 시인은 투사 시인이다. 자신의 몸과 마음을 바쳐 시대의 어둠과 싸워 이겨내기도 했지만 몸이 미리 망가져서 세상을 일찍 뜬 시인이다. 장하면서도 안타까운 노릇. 이런 관계로 시가 억세고 목소리가 클 것이란 선입견이 있지만 이 시는 전혀 그렇지 않다.

어쩌면 그런 투사적인 삶 가운데 어렵사리 얻어낸 안정의 시간에 쓰여진 작품이 아닌가 싶다. 그래서 더욱 귀한 마음이 드는 작품이다. 멀리 조선의 마음까지를 짚었다. 그것도 늦은 가을날 잎 진 감나무 가지 끝에 남겨진 홍시 하나를 보면서 얻어낸 상상이다. 넉넉한 그 마음에 하늘의 위로가 있었기를 빈다.

담장을 허물다

고향에 돌아와 오래된 담장을 허물었다
기울어진 담을 무너뜨리고 삐걱거리는 대문을 떼어냈다
담장 없는 집이 되었다
눈이 시원해졌다

우선 텃밭 육백 평이 정원으로 들어오고
텃밭 아래 사는 백살 된 느티나무가 아래 둥치째 들어왔다
느티나무가 그늘 수십 평과 까치집 세 채를 가지고 들어왔다
나뭇가지에 매달린 벌레와 새 소리가 들어오고
잎사귀들이 사귀는 소리가 어머니 무릎 위에서 듣던 마른
귀지 소리를 내며 들어왔다

하루 낮에는 노루가
이틀 저녁엔 연이어 멧돼지가 마당을 가로질러 갔다
겨울에는 토끼가 먹이를 구하러 내려와 방콩 같은 똥을 싸
고 갈 것이다
풍년초 꽃이 하얗게 덮인 언덕의 과수원과 연못도 들어왔
는데
연못에 담긴 연꽃과 구름과 해와 별들이 내 소유라는 생각

에 뿌듯하였다

미루나무 수십 그루가 줄지어 서 있는 금강으로 흘러가는
냇물과
냇물이 좌우로 거느린 논 수십만 마지기와
들판을 가로지르는 외산면 무량사로 가는 국도와
국도를 기어다니는 하루 수백 대의 자동차가 들어왔다
사방 푸른빛이 흘러내리는 월산과 청태산까지 나의 소유가
되었다

마루에 올라서면 보령 땅에서 솟아오른 오서산 봉우리가
가물가물 보이는데
나중에 보령의 영주와 막걸리 마시며 소유권을 다투어볼
참이다
오서산을 내놓기 싫으면 딸이라도 내놓으라고 협박할 생각
이다
그것도 안 들어주면 하늘에 울타리를 쳐서
보령 쪽으로 흘러가는 구름과 해와 달과 별과 은하수를 멈
추게 할 것이다

공시가격 구백만 원짜리 기울어가는 시골 흙집 담장을 허물고 나서
나는 큰 고을 영주가 되었다

공광규

발언이 헌칠하고 거침이 없다. 이 시인의 고향이 청양인 줄로 아는데 청양은 충남의 중앙에 자리한 조그만 지자체로 산 높고 물 맑은 고장이라서 충남의 알프스라 불리는 고장이다. 인근에 있는 보령과 공주와 예산과 홍성과 같은 지자체에 둘러싸인 형국이다.

어느 날 고향에 들른 시인이 고향에 있는 옛집 담장을 허물었던가보다. 그런 다음의 소회다. 특별하고 시원한 느낌. 생각도 새로워지고 세상을 보는 눈길도 새로워졌다. 갇혀있는 모든 세상이 문을 열고 다가오고 눈 감았던 사물들이 눈을 뜨고 반짝이기 시작한다. 재미나고 유익한 세상 접근법이다.

사람들은 왜 모를까

이별은 손끝에 있고
서러움은 먼 데서 온다
강 언덕 풀잎들이 돋아나며
아침 햇살에 핏줄이 일어선다
마른 풀잎들은 더 깊이 숨을 쉬고
아침 산그늘 속에
산벚꽃은 피어서 희다
누가 알랴 사람마다
누구도 닿지 않은 고독이 있다는 것을
돌아앉은 산들은 외롭고
마주 보는 산은 흰 이마가 서럽다
아픈 데서 피지 않은 꽃이 어디 있으랴
슬픔은 손끝에 닿지만
고통은 천천히 꽃처럼 피어난다
저문 산 아래
쓸쓸히 서 있는 사람아
뒤로 오는 여인이 더 다정하듯이
그리운 것들은 다 산 뒤에 있다
사람들은 왜 모를까 봄이 되면

손에 닿지 않는 것들이 꽃이 된다는 것을

김용택

하나의 명제 같고 잠언 같다. 아직은 젊었던 시인이 들려주는 싱싱
한 깨달음의 희소식. '이별은 손끝에 있고/ 서러움은 먼 데서 온다'
는 이 전언傳言을 어찌 받아야 할까. 다만 그래, 나도 그렇게 생각해,
고개를 끄덕일 뿐이다.
'고통은 천천히 꽃처럼 피어난다', '그리운 것들은 다 산 뒤에 있다',
이런 좋은 소식을 '사람들은 왜 모를까'라고 시인은 한탄하듯 되묻
고 있지만 그것은 힐난이나 한탄이 아니라 조용한 기쁨의 표현임
을 우리는 모르지 않는다.

가을의 기도

가을에는
기도하게 하소서……
낙엽들이 지는 때를 기다려 내게 주신
겸허한 모국어로 나를 채우소서.

가을에는
사랑하게 하소서……
오직 한 사람을 택하게 하소서
가장 아름다운 열매를 위하여 이 비옥한
시간을 가꾸게 하소서.

가을에는
호올로 있게 하소서……
나의 영혼,
굽이치는 바다와
백합의 골짜기를 지나,
마른 나뭇가지 위에 다다른 까마귀같이.

김현승

알음알이를 댈 것도 없이 널리 알려진 시다. 가을이면 누구나 한번쯤 이런 시를 외워보면서 이런 심정과 친해보고 싶었을 것이다. 이 시 하나로 하여 시인은 '가을의 시인'이 되었고 '기도의 시인'이 되었다. 인생도 해마다 가을이면 한 차례씩 이렇게 경건해지고 투명해지고 맑아질 것을 가르친다. 시가 인생의 좋은 스승이기도 하다.

성북동 비둘기

성북동 산에 번지가 새로 생기면서
본래 살던 성북동 비둘기만이 번지가 없어졌다.
새벽부터 돌 깨는 산울림에 떨다가
가슴에 금이 갔다.
그래도 성북동 비둘기는
하느님의 광장 같은 새파란 아침 하늘에
성북동 주민에게 축복의 메시지나 전하듯
성북동 하늘을 한 바퀴 휘돈다.

성북동 메마른 골짜기에는
조용히 앉아 콩알 하나 찍어 먹을
널찍한 마당은커녕 가는 데마다
채석장 포성이 메아리쳐서
피난하듯 지붕에 올라앉아
아침 구공탄 굴뚝 연기에서 향수를 느끼다가
산 1번지 채석장에 도로 가서
금방 따낸 돌 온기에 입을 닦는다.

예전에는 사람을 성자처럼 보고

사람 가까이서

사람과 같이 사랑하고

사람과 같이 평화를 즐기던

사랑과 평화의 새 비둘기는

이제 산도 잃고 사람도 잃고

사랑과 평화의 사상까지

낳지 못하는 쫓기는 새가 되었다.

김광섭

이산怡山 김광섭은 하나의 인간 범주로만 보기는 어려운 생애를 산 시인이다. 시인, 정치인, 문화행정가로 살았던 분이다. 시의 경향도 초기의 시와 후기의 시가 확연히 다르다. 마치 전혀 다른 두 사람의 시를 읽는 느낌을 준다. 초기에는 다분히 모더니즘 중심의 시를 썼다면 후기엔 생명 중심, 인생 중심의 시를 썼다.

위의 시는 후기의 시이지만 거기에 더하여 문명 비판이 들어간 작품이다. 비둘기. 평화의 상징으로 판단되는 비둘기를 내세워 인간에 의해 파괴되는 자연과 생명의 아픔을 절절하게 드러내 보여준다. 하지만 역시 모더니즘이 몸에 익은 시인답게 적당한 선에서 절제된 슬픔과 울분으로 기품을 더한다.

이러한 시들이 시인의 말년에 나온다는 건 매우 바람직하고 좋은 예이다. 하나의 모범이다. 이렇게만 된다면 늙은 시인이 된다는 게 하나도 부담스럽지 않다. 비록 육신은 병들고 낡았지만 전혀 누추하지가 않다. 당신의 정신과 시가 전혀 낡지 않고 오히려 싱싱하기 때문이다. 늙은 나뭇가지에 피어나는 새롭고도 예쁜 이파리거나 꽃송이 두엇. 자랑스러운 노인 시인을 우리가 만난 것은 우리의 기쁨이기도 하다.

이름 없는 여인이 되어

어느 조그만 산골로 들어가
나는 이름 없는 여인이 되고 싶소.
초가지붕에 박넝쿨 올리고
삼밭엔 오이랑 호박을 놓고
들장미로 울타리 엮어
마당엔 하늘을 욕심껏 들여놓고
밤이면 실컷 별을 안고
부엉이가 우는 밤도 내사 외롭지 않겠소.

기차가 지나가 버리는 마을
놋양푼의 수수엿을 녹여 먹으며
내 좋은 사람과 밤이 늦도록
여우 나는 산골 얘기를 하면
삽살개는 달을 짖고
나는 여왕보다 더 행복하겠소.

노천명

귀거래사歸去來辭. 고향을 떠나 도시나 타향에 살고 있는 사람이 고향의 인심과 풍정風情을 그리워하는 시다. 인간은 때로 고향이 아닌 곳에 살다가 힘든 일이 생기거나 실의에 빠지게 되면 행복하게 살던 과거, 고향을 그리워하도록 되어있다. 이래저래 안쓰러운 마음이다.

'사슴'의 시인으로 불리던 노천명 시인. 미모와 학벌과 재능을 고루 갖춘 그야말로 재원才媛. 하지만 시대의 격랑에 휩쓸려 여러 가지 일에 연루되는 바람에 순탄한 인생을 살지 못하고 서둘러 생애를 마쳐야 했던 불우한 시인이다.

시인에게는 독자들이 좋아하는 작품이 많다. 그런 것과는 무관하게 나는 이 작품이 좋았다. 시의 제목부터가 마음에 와닿았다. 그러니까 자기는 지금 '이름이 있는 여인'이라는 뜻이 그 안에 숨었다. 원망이다. '나는 여왕보다 더 행복하겠소.' 이것도 종래從來 이루기 어려운 소망이다. 하나의 핑계. 다시금 안쓰러운 마음이 머문다.

우체국을 지나며

살아가며 꼭 한 번은 만나고 싶은 사람
우연히 정말 우연히 만날 수 있다면
가을날 우체국 근처 그쯤이면 좋겠다.

누군가를 그리워하기엔 우체국 앞만 한 곳 없다
우체통이 보이면 그냥 소식 궁금하고
써 놓은 편지 없어도 우표를 사고 싶다

그대가 그립다고, 그립다고, 그립다고
우체통 앞에 서서 부르고 또 부르면
그 사람 사는 곳까지 전해질 것만 같고

길 건너 빌딩 앞 플라타너스 이파리는
언젠가 내게로 왔던 해묵은 엽서 한 장
그 사연 먼 길 돌아와 발끝에 버석거린다.

물 다 든 가로수 이파리처럼 나 세상에 붙어
잔바람에 간당대며 매달려 있지만
그래도 그리움 없이야 어이 살 수 있으랴.

문무학

시조는 우리의 전통적인 정형시. 자칫하면 구투舊套에 머물 수 있고 글자 수를 맞추는 시이기 때문에 짐짓 그 언어의 발길이 어색하기 쉽다. 소재 또한 예스런 것에 제한적일 수가 있겠다.

그런 시조시를 읽다가 가끔은 활달한 시조 한 편을 만나면 기쁨은 배가된다. 이 시가 바로 그렇다. 현대적인 소재, 오늘날의 삶을 실감으로 표현하고 있으며 말의 행보 또한 자연스럽고 시원스럽다.

가끔 시낭송가들을 만나 이야기할 때 즐겨 시조시를 낭송한다는 말을 들을 때가 있다. 누구의 어떤 시조냐, 묻는 대답에 해답으로 나온 시가 번번이 이 시조시였다. 나 또한 소리 내어 읽어보니 그건 그럴 만하다 싶었다. 이 시조시가 좋다고 알려준 사람은 대구의 오지현 시낭송가이다.

뻐꾹새

잠이 오지 않는 밤이 잦다.
이른 새벽에 깨어 울곤 했다.
나이는 들수록
한은 짙고
새삼스러이 허무한 것이
또한 많다.
이런 새벽에는
차라리 기도가 서글프다.
먼 산마루의 한 그루 수목처럼
잠잠히 앉았을 뿐……
눈물이 기도처럼 흐른다.
뻐꾹새는
새벽부터 운다.
효자동 종점 가까운 하숙집
창에는
창에 가득한 뻐꾹새 울음……
모든 것이 안개다.
사람과 사람 사이의 인연도
혹은 사람의 목숨도

아아 새벽 골짜기에 엷게 어린
청보라빛 아른한 실오리
그것은 이내 하늘로 피어오른다.
그것은 이내 소멸한다.
이 안개에 어려
뻐꾹새는
운다.

박목월

박목월 시인은 후배 시인들 사이에 부성父性의 상징으로 통했던 시인이다. 엄격하면서도 너그러운 마음으로 후진들을 다독여주던 그 인격이 다시없이 좋은 분이었다. 평생을 실수 없이 살았다. 그런데 딱 한 차례 인생의 실수를 한 일이 있다고 한다.

그것은 시인의 나이 38세 때인 1954년에서 1955년 사이. 제주도로 미모의 한 여대생과 함께 떠나 장기간 머물다가 돌아온 경험이다. 하지만 객지살이가 고달파 함께 지내던 여성이 먼저 제주도를 떠나고 시인이 뒤따라 서울로 돌아오게 된다. 그러나 시인은 곧장 원효로 집으로 가지 않고 효자동 버스 종점 부근에 방을 얻어 하숙 생활을 하게 된다.

이 시는 그 시절의 날들을 쓴 작품이다. 뒤에 나온 시집『난·기타』란 시집에 나란히 발표된 시「효자동」이 그것을 말해준다. 박목월 시인의 시는 시적 대상과 일정 거리를 유지하면서 대상을 형상화하는 것이 그 특징인데 이들 두 편의 시는 전혀 그렇지 않다. 시적 대상과 가깝다 못해 그것 자체가 되어버렸다. 그만큼 다급했던 것이다.

시인께 송구한 일이긴 하지만 나는 이런 시가 좋다. 약간은 감정 과잉인 시. 인간미 넘치는 시. 자신조차도 자신을 감당하지 못해 힘들어하는 시. 이런 일렁이는 작품에서 인간 박목월의 또 다른 면모를 본다.

어머니

어머니는
그릇을 채우는 것으로
평생을 늙히셨다

때로는 심술에
때로는 주정에
줄줄이 상처만 남은 사발

어둠도 지친 이슥한 밤이면
스스로의 눈물로 채운 사발에서
별을 건져내어
달을 씻어내어

어린 사발들
채우는 것만이
주름을 꽃 피우는 보람이더니

의학박사 아들에게도
배 아프다면

소금과 물을 담아 오신다

손기섭

손기섭 시인은 의사 시인으로 유명했던 분이다. 주로 대전 지역에 서 대학병원의 의사로 일하면서 의학계에 영향을 미쳤고 뒤늦은 나이에 시인으로 출발, 열심히 시를 쓴 시인이다. 의사 시인이긴 했 지만 인간에 대한 한없는 신뢰와 애정을 담은 시편들을 많이 내놓 았다.

위의 시는 시인의 데뷔작이기도 한 시. 내용이 참 소박하고 담백하 다. 솔직하고 명료하다. 어머니를 눈앞에 만나는 듯하다. 온갖 고생 으로 한 집안을 지탱하신 어머니. 시인은 모친의 그릇인 '사발'에 주목한다. '심술'과 '주정'과 '눈물'로 채우던 사발. 끝내는 그 사발 에서 '별'을 건져내고 '달'을 씻어내신 어머니.

이러한 시인의 어머니는 희생과 사랑의 표상으로 시인의 가슴에 남는다. 마지막 문장은 격하면서 원초적인 감동을 안긴다. '의학박 사 아들에게도/ 배 아프다면/ 소금과 물을 담아 오신다' 이러한 소 박. 이러한 사랑. 성스럽지 않은가!

등꽃 아래서

한껏 구름의 나들이가 보기 좋은 날
등나무 아래 기대어 서서 보면
가닥가닥 꼬여 넝쿨져 뻗는 것이
참 예사스러운 일이 아니다.
철없이 주걱주걱 흐르던 눈물도 이제는
잘게 부서져서 구슬 같은 소리를 내고
슬픔에다 기쁨을 반반씩 어무린 색깔로
연등날 지등의 불빛이 흔들리듯
내 가슴에 기쁨 같은 슬픔 같은 것의 물결이
반반씩 한꺼번에 녹아 흐르기 시작한 것은
평발 밑으로 처져 내린 등꽃송이를 보고 난
그 후부터다.

밑뿌리야 절제 없이 뻗어 있겠지만
아랫도리의 두어 가닥 튼튼한 줄기가 꼬여
큰 둥치를 이루는 것을 보면
그렇다 너와 내가 자꾸 꼬여 가는 그 속에서
좋은 꽃들은 피어나지 않겠느냐?

또 구름이 내 머리 위 평발을 밟고 가나 보다
그러면 어느 문갑 속에서 파란 옥빛 구슬
꺼내 드는 은은한 소리가 들린다.

송수권

나의 친구 송수권. 풍류와 낭만의 시인. 인생 그 자체를 시로 살고 싶었던 시인. 한 세월 어울려 그와 좋았다. 아니 강원도 속초의 이성선 시인과 함께 셋이서 좋았다. 시적 경향이 비슷하면서도 서로 결이 달랐던 세 사람. 한 번도 반목하지 않고 친하게 지냈던 것을 생각하면 미소가 절로 나오고 고마운 마음이 든다.

우리 세 사람은 자동차 운전을 하지 못하는 사람들이란 점이 또 하나 공통점이었다. 그만큼 현대 문명에로의 진화가 덜 된 사람들이었던 것이다. 실상 나도 그런 이성선과 송수권이 좋았다. 만나면 형제애를 느꼈고 헤어지면 멀리 그립곤 했다. 나의 가난하고 고달프기만 했던 젊은 날 그 두 사람과의 만남은 하나의 축복이었다.

사람들은 송수권의 작품 가운데서 등단작이기도 한 「산문에 기대어」를 최고의 작품으로 꼽는다. 그러나 나는 이 작품 「등꽃 아래서」를 가장 사랑하는 작품으로 꼽는다. 시인이 자랑하고 아꼈던 남도 정신이 이처럼 잘 나타날 수 없이 여실히 드러난 작품이다. 인생을 바라보는 그윽한 여유까지가 만발한 작품이다.

시인은 이제 세상에 없지만 시 안에서 시인은 말한다. '힘드냐? 그러면 쉬어 가라. 쉬엄쉬엄 가라. 그렇게 바쁘게 간다 해도 마지막 지점은 같을 것이다.'

갈대

언제부턴가 갈대는 속으로
조용히 울고 있었다.

그런 어느 밤이었을 것이다. 갈대는
그의 온몸이 흔들리고 있는 것을 알았다.

바람도 달빛도 아닌 것,
갈대는 저를 흔드는 것이 제 조용한 울음인 것을
까맣게 몰랐다.

—산다는 것은 속으로 이렇게
조용히 울고 있는 것이란 것을
그는 몰랐다.

신경림

아마도 시인은 이 작품이 대표작이라고 말하면 속상하게 생각할 것이다. 그 뒤에 쓴 수많은 작품, 우렁찬 작품을 모두 제치고 왜 이 작은 작품이냐고 불만스러워 할 수도 있겠다. 더구나 이 작품은 시인의 데뷔작이다.

그런데도 사람들은 이 작품을 좋아한다. 그건 나도 마찬가지. 자신의 삶을 돌아보는 맑은 자성自省이 좋다. 일찍부터 시인의 인생은 이렇게 그윽하게 깊어졌다. 우리도 따라서 깊어지고 싶은 것이다.

너에게

나 돌아가는 날
너는 와서 살아라.

두고 가진 못할
차마 소중한 사람

나 돌아가는 날
너는 와서 살아라.

묵은 순 터
새 순 돋듯

허구많은 자연 중
너는 이 근처 와 살아라.

신동엽

신동엽 시인을 사람들은 '금강의 시인'이라고 부른다. 저 섬진강을 김용택이란 시인이 가졌다면 금강은 신동엽 시인이 모두 가졌다고 말한다. 시인이 쓴 장시 「금강」이란 시 때문에 그렇다. 그래서 신동엽 시인은 금강의 영원한 주인이 되었다.

나만 해도 시를 쓸 때 금강을 '비단강'이란 말로 바꾸어 표현하는 것은 신동엽 시인을 피해 가기 위한 잔꾀 같은 것이다. 「껍데기는 가라」, 「누가 하늘을 보았다 하는가」와 같은 대표작이 있지만 어쩐지 나는 이렇게 조그만 작품이 마음에 든다. 개인적 취향이겠다.

소품. 그럴 수 없이 사랑스럽다. 하나의 연가다. 연가라도 내가 세상을 떠난 뒤에 '너'에게 당부하는 연가다. 이승과 저승을 넘나드는 연가. 신동엽 시인다운 시다. '잘 살아라. 나 없이도 잘 살아라.' 시인의 따스한 목소리가 귓전에 있다.

아직은 촛불을 켤 때가 아닙니다

저 재를 넘어가는 저녁해의 엷은 광선들이 섭섭해합니다
어머니 아직 촛불을 켜지 말으셔요
그리고 나의 작은 명상의 새새끼들이
지금도 저 푸른 하늘에서 날고 있지 않으십니까?
이윽고 하늘이 능금처럼 붉어질 때
그 새새끼들은 어둠과 함께 돌아온다 합니다

언덕에서는 우리의 어린 양들이 낡은 녹색침대에 누워서
남은 햇볕을 즐기느라고 돌아오지 않고
조용한 호수 우에는 인제야 저녁안개가 자욱히 나려오기
시작하였습니다
그러나 어머니 아직 촛불을 켤 때가 아닙니다
늙은 산의 고요히 명상하는 얼굴이 멀어가지 않고
머언 숲에서는 밤이 끌고 오는 그 검은 치맛자락이
발길에 스치는 발자욱소리도 들려오지 않습니다

멀리 있는 기인 둑을 거쳐서 들려오던 물결소리도 차츰차
츰 멀어갑니다
그것은 늦은 가을부터 우리 전원을 방문하는 가마귀들이

바람을 데리고 멀리 가버린 까닭이겠습니다
시방 어머니의 등에서는 어머니의 콧노래 섞인
자장가를 듣고 싶어하는 애기의 잠덧이 있습니다
어머니 아직 촛불을 켜지 말으셔요
인제야 저 숲 너머 하늘에 작은 별이 하나 나오지 않았습
니까?

신석정

우리는 지금 너무 많이 거친 말씨를 사용하면서 산다. 직접 화법으
로 말하고 있다. 에둘러 말할 줄도 모른다. 그런 걸 이런 시를 읽어
보면 대번 알게 된다. 저 우아한 말을 보라. 저 경어체 문장 앞에
우리도 공손해지고 부드러워지고 정다워지지 않고 어쩔 것이냐.
시의 효능과 힘이 애당초 거기에 있었던 것이다.

구월은

구월은 유난히 텅 빈 오지 항아리에 와 있었다
구월은 쓰다 만 엽서 틀린 맞춤법 속에도 와 있었다
구월은 흑백 사진 속 잊혀진 친구의 이름 위에도 와 있었다
구월은 삼촌 제삿날 쌀 씻는 어머니의 가슴에도 와 있었다
강과 과일밭과 노을과 예배당의 빨간 함석 지붕과
마디 가는 들풀과 젊은 느릅나무 아래 죽은 장수하늘소의
시체 위에도 구월은 와 있었다
구월은 와 있었다

유재영

────────

구월은 여름을 이기고 오는 달. 돌아올 것이 드디어 돌아오는 달.
지친 생명체들에게 안식을 주고 화해를 주는 달. 가쁜 숨을 멈추
고 천천히 고른 호흡을 회복하는 달.
그런 구월을 맞아 시인은 아주 미세한 것들에게 눈길을 주면서 그
들을 안쓰러운 눈길로 바라보면서 역시 조그만 목소리로 속삭이
듯이 말을 한다. 세상은 이렇게 작은 것이 큰 것이고 약한 것이 또
강한 것이기도 하다.

네가 올 때까지

밤 깊고
안개 짙은 날엔
내가 등대가 되마.

넘어져 피 나면
안 되지.
안개 속에 키 세우고
암초 위에 서마.

네가 올 때까지
밤새
무적霧笛을 울리는
등대가 되마.

이건청

어진 부형父兄의 마음이다. 세상에 나가 힘들어하는 누군가를 생각하며 함께 힘들어하는 마음이다. 대신 아프겠다고 자청하는 마음이다. 빗장 걸지 않고 밤을 새워 기다리는 마음이다. 그냥 그대로 기도이다. 저런 아버지의 응원으로 해서 우리는 자칫 잃을 뻔한 길 앞에서도 정신을 차리게 되고 넘어질 뻔한 대목에서도 넘어지지 않고 계속해서 가던 길을 걸어 여기까지 온 것이다. 고마운 마음이여. 정다운 마음이여. 그 마음 앞에서 우리도 가슴이 잠시 따스해지리라.

심상 心想

욕구불만으로 우는 놈을
매를 쳐 보내고 나면
나뭇가지에서 노래하는 새소리도
모두 그놈의 울음소리 같다.

연필 한 자루 값은 4원
공책은 3원
7원이 없는 아버지는
종이에 그린 호랑이가 된다.

옛날의 내가
월사금 40전을 못 냈다고
보통학교에서 쫓겨 오면
말없이 우시던
어머님의 눈물이 생각난다.

그런 날
거리에서 친구를 만나도
반갑지를 않다.

수신 강화 같은 대화를 귓등으로 흘리고 돌아오면
울고 갔던 그놈이 잠들어 있다.
잠든 놈의 손을 만져본다.
손톱 밑에 때가 까맣다.

가난한 아버지는
종이에 그린 호랑이
보릿고개에서
울음 우는
아버지는 종이호랑이

밀림으로 가라
아프리카로 가라
산중에서 군주가 되라
아! 종이호랑이여.

황금찬

황금찬 시인은 한국의 시인들 가운데서 가장 오래 사신 분이다. 나 같은 사람에게도 어버이 벌이 되는 연배. 아닌 게 아니라 시인의 큰아들이며 시인이었던 황도제 씨가 나와 같은 동갑으로 1945년 생. 시인이 세상에 살다 가신 햇수는 99년(1918~2017). 1년만 더 견 뎠으면 만으로 100년을 채울 뻔했다.

시인은 생전에 늘 인자하고 부드러운 어른이었고 모든 일에 성실했 고 삶에 대해 긍정적이었던 분이다. 어떠한 경우에도 불평하거나 화를 내는 일이 없었다. 이러한 성정이 그분을 장수하게 하지 않았 을까 짐작해본다.

아버지로서 시인의 모습이다. 가난한 아버지. 돈을 3원, 4원 하고 세는 걸로 보아 아주 오랜 과거의 일인 것 같다. 내가 어렸을 때의 일. 연필 한 자루 값이 4원이고 공책 하나가 3원이었던 시절. 그 7원 이 없어 아들에게 주지 못하는 아버지. 아버지는 또 당신이 어렸을 때 월사금 40전을 내지 못하고 학교에서 쫓겨 왔을 때 말없이 우 시던 어머니를 회상한다. 가난의 대물림이다.

'밀림으로 가라/ 아프리카로 가라/ 산중에서 군주가 되라/ 아! 종 이호랑이여.' 이 한탄이 어찌 과거의 것이기만 하랴. 오늘날도 힘겹 게 버티는 젊은 아버지 어머니의 것이기도 할 것이다. 힘내세요. 파 이팅! 젊은 아버지 어머니들을 응원하고 싶다. 시의 제목인 '심상心 想'은 '마음속의 생각'이란 뜻이다.

비

짐을 매어 놓고 떠나려 하시는 이 날
어둔 새벽부터 시름없이 내리는 비
내일도 내리오소서 연일 두고 오소서

부디 머나먼 길 떠나지 마오시라
날이 저물도록 시름없이 내리는 비
저으기 말리는 정은 나보다도 더하오

잡았던 그 소매를 뿌리치고 떠나신다
갑자기 꿈을 깨니 반가운 빗소리라
매어둔 짐을 보고는 눈을 도로 감으오.

이병기

짐짓 인간의 마음을 자연에게 맡겼다. 인간 대신 자연이 말하게 하고 자연을 통해서 번역해서 말한다. 지극한 정성이고 사랑이다. 은근하면서도 속내 깊은 저 마음이 바로 우리들 조상의 마음이고 또 우리들 현존의 마음이다. 자연의 소리 빗소리가 이렇게 정겨울 수가 없다. 시에 나오는 '저으기'란 단어는 '적이', '꽤 어지간한 정도로'의 뜻을 지닌 부사어다.

광야

까마득한 날에
하늘이 처음 열리고
어데 닭 우는 소리 들렸으랴.

모든 산맥들이
바다를 연모해 휘달릴 때도
차마 이곳을 범하던 못하였으리라.

끊임없는 광음을
부지런한 계절이 피어선 지고
큰 강물이 비로소 길을 열었다.

지금 눈 나리고
매화 향기 홀로 아득하니
내 여기 가난한 노래의 씨를 뿌려라.

다시 천고의 뒤에
백마 타고 오는 초인이 있어
이 광야에서 목놓아 부르게 하리라.

이육사

'청포도'의 시인 이육사. 남겨진 사진으로 보면 전형적인 조선 선비였다. 얼굴 전체 매무새가 그렇고 눈매가 특히나 그렇다. 매서우면서도 맑고도 정다운 눈매. 살풋살풋 삽작눈이라도 날리는 이른 봄, 일찍 피어난 매화꽃 몇 송이를 더불어 본다.

여성의 목소리가 주류를 이루어온 한국 시사詩史에서 시인의 시는 웅혼한 남성의 목소리를 담아 특별하다. 그대로 선각자의 모습을 보고 영웅의 모습을 대하는 듯 숙연하다. 그런 정신에 충실한 시가 여러 편이지만 특히 나는 「광야」 이 한 편을 너무나 사랑한다. 가슴에 안는다. 하나의 대륙을 품은 듯 황홀한 느낌.

작품의 첫 연부터가 심상치 않다. '어데 닭 우는 소리 들렸으랴'. 이것은 강한 부정이다. 들어보면 '어데'라는 말은 경상도 분들 어법으로는 '아니다' 정도의 뜻을 품은 말이라고 한다. 그러므로 이 문장은 이런 말에 동력을 받아 강하고도 강한 부정을 낳는다.

무엇보다도 마지막 연이 심각하고 침통하다. '다시 천고의 뒤에/ 백마 타고 오는 초인이 있어/ 이 광야에서 목놓아 부르게 하리라'. 저목놓아 울고 싶은 마음, 울음을 가슴에 안고 세상을 건너간 한 시인을 오늘 우리가 다시 가슴에 안는다. 이육사, 그분이 바로 '말을 타고 오는 초인'일 거라고 우리는 오늘, 믿는다.

벼

벼는 서로 어우러져
기대고 산다.
햇살 따가와질수록
깊이 익어 스스로를 아끼고
이웃들에게 저를 맡긴다.

서로가 서로의 몸을 묶어
더 튼튼해진 백성들을 보아라.
죄도 없이 죄지어서 더욱 불타는
마음들을 보아라. 벼가 춤출 때,
벼는 소리 없이 떠나간다.

벼는 가을 하늘에도
서러운 눈 씻어 맑게 다스릴 줄 알고
바람 한 점에도
제 몸의 노여움을 덮는다.
저의 가슴도 더운 줄을 안다.

벼가 떠나가며 바치는

이 넓디넓은 사랑,

쓰러지고 쓰러지고 다시 일어서서 드리는

이 피 묻은 그리움,

이 넉넉한 힘…….

이성부

쌀은 벼에서 나오는 양식이다. 동양 사람들의 주식. 쌀로 된 밥을
먹으며 인간은 생명을 유지한다. 쌀이 없는 곳에 인간의 생명도 더
불어 없다. 한자의 가장 좋은 글자인 정精이란 글자에도 쌀 미米 자
가 들어가 있다. 쌀이 푸른 것이 '정'인 것이다. 이 글자를 써서 '정
신精神'이란 말을 만들었다.

한국 시인 가운데서도 가장 근본적이면서 남성적인 언어로 시를
쓴 시인 이성부. 역시 그는 근본을 볼 줄 알았다. 벼에 대한 시. 생
명의 찬가이며 힘찬 인간 행진곡 소리를 듣는다. 시인의 분노와 절
망에는 이유가 있다. 마땅히 분노할 것을 분노하고 절망할 것을 절
망하는 시인, 그는 또 다른 우리의 희망이었다.

눈물

더러는
옥토沃土에 떨어지는 작은 생명이고저……

흠도 티도,
금 가지 않은
나의 전체는 오직 이뿐!

더욱 값진 것으로
드리라 하올 제,

나의 가장 나아종 지닌 것도 오직 이뿐!

아름다운 나무의 꽃이 시듦을 보시고
열매를 맺게 하신 당신은,

나의 웃음을 만드신 후에
새로이 나의 눈물을 지어 주시다.

김현승

커피와 기도와 고독과 시. 김현승 시인을 대변하는 명사들이다. 세상을 뜰 때도 학교의 채플 시간이었다 그런다. 시인은 또 몇 가지 시 작품 이름으로 기억되기도 한다. 「가을의 기도」, 그리고 이 시 「눈물」. 눈물에 대한 시인데도 질척거리지 않고 말끔하고 경건하다. 시인은 '기도의 시인', '눈물의 시인'이기도 하다. 차는 또 얼마나 좋아했는지 커피를 대접에 타서 마셨다 하는데 시인의 아호마저도 차 다茶 자를 써서 다형茶兄이었다.

쓸쓸한 시절

어느덧 가을은 깊어
들이든 뫼이든 숲이든
모다 파리해 있다

언덕 우에 오뚝이 서서
개가 짖는다
날카롭게 짖는다

빈 들에
마른 잎 태우는 연기
가늘게 가늘게 떠오른다

그대여
우리들 머리 숙이고
고요히 생각할 그 때가 왔다.

이장희

140

깔끔하다. 고요하다. 바닥까지 들여다보이는 오래된 샘물 같다. 맑고도 그윽하다. 시란 것이 크게 요란스럽게 치장하지 않아도 충분히 아름답다는 것을 이런 글이 알려준다. 소박과 간결 그대로이다. 꾸짖지 않고 큰 소리로 말하지 않고서도 우리에게 무언가를 가르쳐준다. 참 좋은 인생 선배의 타이름. '그대여/ 우리들 머리 숙이고/ 고요히 생각할 그 때가 왔다'. 마땅히 우리도 한번쯤 자기의 삶을 세워놓고 차근히 돌아보면서 고개 숙여 생각해 볼 일이다.

시인 이장희. 그분의 호는 고월古月. 북에 '소월 시인'이 있듯이 남에는 '고월 시인'이 있었다. 생몰연대生沒年代도 엇비슷하다. 김소월 시인: 1902~1934. 이장희 시인: 1900~1929. 그런데도 김소월 시인이 훨씬 옛사람처럼 느껴지는 건 우리가 그동안 눈감고 몰랐던 탓이다.

감나무

감나무 저도 소식이 궁금한 것이다
그러기에 사립 쪽으로는 가지도 더 뻗고
가을이면 그렁그렁 매달아 놓은
붉은 눈물
바람결에 슬쩍 흔들려도 보는 것이다
저를 이곳에 뿌리박게 해놓고
주인은 삼십 년을 살다가
도망 기차를 탄 것이
그새 십오 년인데……
감나무 저도 안부가 그리운 것이다
그러기에 봄이면 새순도
담장 너머 쪽부터 내밀어 틔워보는 것이다

이재무

감나무. 시골의 빈집을 지키며 혼자서 독거노인처럼 외롭게 사는 감나무. 지금 시골엔 이런 빈집들 많고 빈집에 이런 감나무들 또한 많다. 사람에게 유용한 과일인 감을 주기 때문에 사람이 사는 공간 안에 들어와 함께 살던 감나무. 식구들처럼 정다웠던 감나무. 그 감나무를 사람처럼 생각했다. 의인법. 이 의인법으로 해서 세상은 상당 부분 공평해지고 평화로워진다.

주인과 함께 산 것이 30년이고 주인 떠난 뒤 혼자 빈집 지킨 세월이 15년이니까 45세 되는 장년의 감나무다. 그 감나무가 가을이면 눈물처럼 그렁그렁 붉은 감을 매달고 봄이 되면 새순을 틔워 담장 너머 쪽으로 내민다. 그 지조와 정분이 도망 기차를 탄 인간보다 훨씬 낫다. 감나무 앞에 인간으로서 문득 부끄럽다.

유리창

유리에 차고 슬픈 것이 어른거린다.
열없이 붙어 서서 입김을 흐리우니
길들은 양 언 날개를 파다거린다.
지우고 보고 지우고 보아도
새까만 밤이 밀려 나가고 밀려와 부딪히고
물 먹은 별이, 반짝, 보석처럼 박힌다.
밤에 홀로 유리를 닦는 것은
외로운 황홀한 심사이어니
고운 폐혈관肺血管이 찢어진 채로
아아, 너는 산새처럼 날아갔구나!

정지용

분명 한글로 쓰여진 우리말 시인데도 정지용 시인의 시작품은 완전한 이해가 쉽지 않다. 행간에 숨겨놓은 감정의 골이 깊은 탓이다. 이 시도 그렇다. 피상적으로 볼 때 사랑하는 아들을 잃은 부형의 비통한 심정을 담은 글로 읽힌다.

울음이 터져 나오는 마당에 울음을 참고 자기의 말을 끝까지 밀고 가는 사람은 이성적 능력과 감성적 능력을 골고루 갖춘 인물이다. 보통 사람으로는 쉽사리 가능하지 않은 마음의 능력. 정지용 시인이 그런 분이 아닌가 한다.

감정은 눈에 보이지 않는 내면의 움직임이거나 작용이다. 그걸 눈에 보이듯 귀에 들리듯 나타내기 위해서는 감정적 대상물이 필요하고 그 대상물을 의인화하는 과정이 필요하다. 그런 점에서 이 시에 나오는 몇 개의 명사들은 시인의 마음을 대신해주는 역할을 한다. '유리, 입김, 날개, 새까만 밤, 물 먹은 별, 보석, 고운 폐혈관, 산새'. 이들 명사가 만나는 어느 지점에 시인의 마음이 가 있을 것이고 이 시도 가서 있겠지 싶다. 한 가지 짚고 넘어갔으면 하는 낱말 하나가 있다. 그것은 시의 2행에 보이는 '열없이'란 낱말이다. '열없이'의 으뜸꼴은 '열없다'인데 그 풀이는 이러하다.

* 열없다: 형용사. '열적다'와 같은 말. 좀 겸연쩍고 부끄럽다.

모래내 종점

늦가을 비 내려 하루가 짧게 저문다.

너무 춥네, 하듯이 가로수들이 헐벗었다

모래내 버스 종점. 막차가 돌아온다

밤하늘이 어둡고 깊다. 바람이 출렁,

뼛속까지 밀려온다. 막일 끝낸 사람들 몇,

막차에서 내린다. 마른 가지 끝이 흔들린다

그에게 세상은 가지 끝 오르기다. 미끄러지기다

세상은 너무 미끄럽다니까

냉기도 뒤집으면 훈기가 된다고?

역 앞 마당이 썰렁하다. 늙은 취객 하나

거위처럼 뒤뚱거리며 사라진다. '뻐꾸기 둥지 위로 날아 간 새'

뭐, 새라고? 영화? 좋아하시네 하면서

흐린 불빛에도 으스러지는 건

지난 시간의 반짝이는 모래들, 모래톱들

누가 손을 넣어 그의 가슴을 뜯어내려는 건가

세상에는 물보다 더 맑은 눈물이 있다는 걸

수색水色은 전혀 눈치 채지 못한다

제 모래 속을 제가 들추어보려는 듯

거기, 모래톱을 안고 사는 모래천변 사람들

지상의 그물 속에 그, 물속에 걸리는 것은 모래뿐이지
물같이 흐르고 싶은 밤, 모래 위에 앉아
밤새도록 꾸벅거리는 모래내를, 그렁거리는 소리를
듣는다. 버스 종점 그 끝에 서서.

천양희

하루하루 힘겹게 살아가는 사람들의 초상을 담았다. 정면으로 보지 않고 측면에서 본 풍경이다. 분명 심각한 상황인데도 한 치쯤 여유를 남긴다. 남은 부분에 유머가 들어가고 언어의 묘미까지 들어간다. 자꾸만 변용해가는 모래와 관련된 단어들. 모래, 모래내, 모래천변, 모래톱. 어두운 삶을 밝게 끌고 가는 힘이 거기서 나온다.
단순한 동정이 아니다. 함께함이다. 함께 아파하고 함께 흔들리는 마음. 시인의 진정성이 있었기에 가능한 일이다. 미안하게도 나는 이 시를 신재창이란 시노래 가수가 부르는 노래를 듣고서야 알았다. 노래로 바뀐 시 안에서 가난한 사람들은 그래도 씩씩하게 살아가고 있었던 것이다. 시의 내용과 시의 제목인 '모래내 종점'이 절묘하게 어울린다는 생각을 하면서 노래를 듣곤 했다.

부부

긴 상이 있다

한 아름에 잡히지 않아 같이 들어야 한다

좁은 문이 나타나면

한 사람은 등을 앞으로 하고 걸어야 한다

뒤로 걷는 사람은 앞으로 걷는 사람을 읽으며

걸음을 옮겨야 한다

잠시 허리를 펴거나 굽힐 때

서로 높이를 조절해야 한다

다 온 것 같다고

먼저 탕 하고 상을 내려놓아서도 안 된다

걸음의 속도도 맞추어야 한다

한 발

또 한 발

함민복

일화가 있다. 시인이 절친한 후배로부터 결혼식 주례를 부탁받았다고 한다. 그런데 정작 시인 자신은 노총각이었다는 것. 거절하다 못해 끝내 주례를 서긴 했고, 그 뒤에 결혼식에서 한 주례사를 바탕으로 시 한 편을 썼다고 한다. 그 시가 바로 위의 시라는 것.

아직 결혼도 하지 않은 총각이 주례를 섰다는 것도 특별하고 그런 선배에게 주례 부탁을 한 후배도 특별하다. 더욱 특별한 것은 결혼도 해보지 않는 사람이 까다롭고 복잡한 부부생활의 비밀을 잘도 알아내고 그것을 시로 쓰기까지 했다는 것이다. 놀라운 일이다. 시인의 직관과 시의 비유가 협동한 아름다운 결과라 할 것이다.

50년 가까이 함께 산 우리 부부도 가끔은 집안에서 큰 상을 마주 들고 다니는 일이 있는데 그럴 때마다 나는 함민복 시인의 이 시를 떠올린다. '한 발/ 또 한 발', '걸음의 속도'를 맞추어서 하나둘, 하나둘, 조심스럽게, 천천히, 앞으로 앞으로, 또 옆으로.

알 수 없어요

바람도 없는 공중에 수직의 파문을 내며 고요히 떨어지는 오동잎은 누구의 발자취입니까?

지리한 장마 끝에 서풍에 몰려가는 무서운 검은 구름의 터진 틈으로, 언뜻언뜻 보이는 푸른 하늘은 누구의 얼굴입니까?

꽃도 없는 깊은 나무에 푸른 이끼를 거쳐서, 옛 탑 위에 고요한 하늘을 스치는 알 수 없는 향기는 누구의 입김입니까?

근원은 알지도 못할 곳에서 나서 돌부리를 울리고, 가늘게 흐르는 작은 시내는 굽이굽이 누구의 노래입니까?

연꽃 같은 발꿈치로 가이없는 바다를 밟고, 옥 같은 손으로 끝없는 하늘을 만지면서, 떨어지는 해를 곱게 단장하는 저녁놀은 누구의 시詩입니까?

타고 남은 재가 다시 기름이 됩니다. 그칠 줄을 모르고 타는 나의 가슴은 누구의 밤을 지키는 약한 등불입니까?

한용운

수려하다. 간절하다. 천년 흐르고도 남을 장강長江을 지금 보고 있는 것이다. 흘러라. 흘러서 멈춤이 없고 지상의 모든 어둠, 모든 죄악, 온갖 삿된 것들을 지워버려라. 무슨 말을 보태랴. 무슨 말로 더 찬양하랴! 비단옷 입은 마음이여. 죽어도 죽지 않는 영혼이여. 시인은 계속해서 물음표를 달아 묻고 있지만, 질문 가운데 이미 해답이 들어있음을 우리는 이미 잘 알고 있다.

모란은 벌써 지고 없는데

먼 산에 뻐꾸기 울면

상냥한 얼굴 모란 아가씨

꿈속에 찾아오네

세상은 바람 불고 고달파라

나 어느 변방에

떠돌다 떠돌다 어느 나무 그늘에

고요히 고요히 잠든다 해도

또 한 번 모란이 필 때까지

나를 잊지 말아요

3

그립고 아름답고
슬픈 눈이 온다

눈이 온다

그리운 것이 다 내리는 눈 속에 있다.
백양나무 숲이 있고 긴 오솔길이 있다.
활활 타는 장작 난로가 있고 젖은 네 장갑이 있다.
아름다운 것이 다 쌓이는 눈 속에 있다.
창이 넓은 카페가 있고 네 목소리가 있다.
기적 소리가 있고 바람 소리가 있다.

지상의 모든 상처가 쌓이는 눈 속에 있다.
풀과 나무가, 새와 짐승이 살아가며 만드는
아픈 상처가 눈 속에 있다.
우리가 주고받은 맹서와 다짐이 눈 속에 있다.
한숨과 눈물과 상처가 되어 눈 속에 있다.

그립고 아름답고 슬픈 눈이 온다.

신경림

내내 신경림 시인의 시를 찾아서 읽었지만 이렇게 절실하면서도 아름다운 시를 읽는 것은 처음이다. 참 아름답다. 가슴이 뻐근해진다. 윤효 시인이 편집하는 '문학의 집·서울'의 뉴스레터를 통해서 이 시를 처음 읽고 깜짝 놀라는 바가 있었다. 와 좋다, 읽자마자 그런 심정이 왔다.

지금 이 시인은 눈 오는 세상 풍경 앞에 있다. 그러면서 지나온 생애를 돌아보는 회상에 젖어있다. 이런저런 일들. 기쁘고도 슬프고도 아름다웠던 일들. 때로는 상처가 되어 옹이가 되어 남은 일들. 한 편의 시에서 한 사람의 전 생애를 조감하고 느끼는 일은 그다지 흔한 일이 아니다.

'그립고 아름답고 슬픈 눈이 온다.'는 마지막 문장이 가슴에 남아 울렁거린다. 커다란 종에서 울려 나온 종소리가 멀리까지 가서 사람들 마음에 맴돌며 오랫동안 지워지지 않듯이. 모처럼 좋은 시를 읽는 일은 그 어떤 것과도 바꿀 수 없는 기쁨이다.

옛날의 그 집

빗자루병에 걸린 대추나무 수십 그루가
어느 날 일시에 죽어 자빠진 그 집
십오 년을 살았다

빈 창고같이 휑뎅그렁한 큰 집에
밤이 오면 소쩍새와 쑥꾹새가 울었고
연못의 맹꽁이는 목이 터져라 소리 지르던
이른 봄
그 집에서 나는 혼자 살았다

다행히 뜰은 넓어서
배추 심고 고추 심고 상추 심고 파 심고
고양이들과 함께
정붙이고 살았다

달빛이 스며드는 차가운 밤에는
이 세상 끝의 끝으로 온 것 같이
무섭기도 했지만
책상 하나 원고지, 펜 하나가

나를 지탱해 주었고
사마천을 생각하며 살았다

그 세월, 옛날의 그 집
나를 지켜주는 것은
오로지 적막뿐이었다
그랬지 그랬었지
대문 밖에서는
늘
짐승들이 으르렁거렸다
늑대도 있었고 여우도 있었고
까치독사 하이에나도 있었지
모진 세월 가고
아아 편안하다 늙어서 이리 편안한 것을
버리고 갈 것만 남아서 참 홀가분하다.

박경리

만인이 알다시피 박경리란 분은 소설가다. 그것도 대하소설『토지』의 작가. 노년에는 시도 써서 몇 권의 시집이 나왔다. 이 시는 유고 시집『버리고 갈 것만 남아서 참 홀가분하다』에 수록된 시. 한 사람의 일생이 다 들어있는 것 같고 말년의 이야기가 도드라진 느낌이 강한 작품이다. 세상을 하직하는 인사말 같은 작품이다. 시인은 생전에 이런 말을 했노란다. '내가 희망을 잃지 않았던 것은 어쩌면 남몰래 시를 썼기 때문인지 모른다.' 그만큼 시는 영성의 언어로 되어 있어서 인간의 내면의 삶을 통제하고 어루만지며 위로해 주는 힘을 지녔다.

병病에게

어딜 가서 까맣게 소식을 끊고 지내다가도
내가 오래 시달리던 일손을 떼고 마악 안도의 숨을 돌리려
고 할 때면
그때 자네는 어김없이 나를 찾아오네.

자네는 언제나 우울한 방문객
어두운 음계音階를 밟으며 불길한 그림자를 이끌고 오지만
자네는 나의 오랜 친구이기에 나는 자네를
잊어버리고 있었던 그동안을 뉘우치게 되네.

자네는 나에게 휴식을 권하고 생의 외경畏敬을 가르치네
그러나 자네가 내 귀에 속삭이는 것은 마냥 허무虛無
나는 지그시 눈을 감고, 자네의
그 나직하고 무거운 음성을 듣는 것이 더없이 흐뭇하네.

내 뜨거운 이마를 짚어주는 자네의 손은 내 손보다 뜨겁네
자네 여윈 이마의 주름살은 내 이마보다도 눈물겨웁네
나는 자네에게서 젊은 날의 초췌한 내 모습을 보고
좀 더 성실하게, 성실하게 하던

그날의 메아리를 듣는 것일세.

생에의 집착과 미련은 없어도 이 생은 그지없이 아름답고
지옥의 형벌이야 있다손 치더라도
죽는 것 그다지 두렵지 않노라면
자네는 몹시 화를 내었지.

자네는 나의 정다운 벗, 그리고 내가 공경하는 친구
자네가 무슨 말을 해도 나는 노하지 않네
그렇지만 자네는 좀 이상한 성밀세
언짢은 표정이나 서운한 말, 뜻이 서로 맞지 않을 때는
자네는 몇 날 몇 달을 쉬지 않고 나를 설복說服하려 들다가도
내가 가슴을 헤치고 자네에게 경도傾倒하면
그때사 자네는 나를 뿌리치고 떠나가네.

잘 가게 이 친구
생각 내키거든 언제든지 찾아주게나
차를 끓여 마시며 우리 다시 인생을 얘기해 보세그려.

조지훈

조용한 경탄이 먼저 있다. 이만큼 의연한 문장이 어디 있을까! 이토록 담담하고 장쾌한 고백이 어디 또 있을까! 아, 그 아스라한 인품, 조지훈. 시인의 이름이기도 하지만 학자의 이름이기도 하고 지사의 이름이기도 하다. 하나의 면모로만 묶어놓기 어려운 이름. 생애가 길지 않았다. 겨우 48년. 그러나 그 족적은 매우 확연하고 멀다. 아주 노쇠한 이름 같다. 그분의 삶이 그렇고 풍모가 그랬다. 특히 이 작품은 더욱 놀랍다. 인생의 큰 품격이 들어있다. 와, 육신을 괴롭히는 질병을 벗으로 보고 '자네'라 부르면서 '생의 외경畏敬을 가르치'는 스승으로 대하다니!

시인이 돌아간 것은 1968년. 이 시가 발표된 것은 1968년도의《사상계》란 잡지. 시인의 유작이라 할 것이다. 그래서 이 시는 시인의 시집에도 들지 못 했다. 사후에 첫 번째로 나온 시 전집(일지사, 1973)에조차 끼지 못 했다가 2차로 나온 시 전집(나남, 1996)에야 겨우 제자리를 찾았다.

그러나 이 시 한 편으로 시인의 일생이 대변되고 이 시 한 편으로서 시인의 생애가 완성되었다고, 본다. 시인은 '생전부귀生前富貴 사후문장死後文章'이란 말을 자녀들에게 들려주었다고 한다. 당신의 문학과 인생을 두고 한 말씀이다.

늦게 온 소포

밤에 온 소포를 받고 문 닫지 못한다.
서투른 글씨로 동여맨 겹겹의 매듭마다
주름진 손마디 한데 묶여 도착한
어머님 겨울 안부, 남쪽 섬 먼 길을
해풍도 마르지 않고 바삐 왔구나.

울타리 없는 곳에 혼자 남아
빈 지붕만 지키는 쓸쓸함
두터운 마분지에 싸고 또 싸서
속엣것보다 포장 더 무겁게 담아 보낸
소포 끈 찬찬히 풀다 보면 낯선 서울살이
찌든 생활의 겉꺼풀들도 하나씩 벗겨지고
오래된 장갑 버선 한 짝
해진 내의까지 감기고 얽힌 무명실 줄 따라
펼쳐지더니 드디어 한지 더미 속에서 놀란 듯
얼굴 내미는 남해산 유자 아홉 개.

「큰집 뒤따메 올 유자가 잘 댔다고 멧개 따서 너어 보내니
춥을 때 다려 먹거라. 고생 만앗지야 봄 볕치 풀리믄 또 조

흔 일도 안 잇것나. 사람이 다 지 아래를 보고 사는 거라 어
렵더라도 참고 반다시 몸만 성키 추스리라」

헤쳐놓았던 몇 겹의 종이
다시 접었다 펼쳤다 밤새
남향의 문 닫지 못하고
무연히 콧등 시큰거려 내다본 밖으로
새벽 눈발이 하얗게 손 흔들며
글썽글썽 녹고 있다.

고두현

자애로운 어머니 앞에 착한 아들이 엎드렸다. 남쪽 마을 고향 뒷담에 익은 유자 열매 아홉 개를 받고. 그것은 어머니가 여러 겹 꽁꽁 묶어서 소포로 보낸 어머니의 선물. 함께 온 어머니의 언문 편지. 소리 나는 대로 쓰신 순우리말식 편지. 아름다워라. 거룩하여라.

아들은 차마 남쪽으로 열린 마음의 창문을 닫지 못한 채 밤을 새운다. 밤을 새우는 아들의 눈에 보이는 희끗희끗한 눈발. 그것은 고향 어머니의 눈물이기도 하고 타향 아들의 눈물이기도 한 눈발. '남향의 문 닫지 못하고／ 무연히 콧등 시큰거려 내다본 밖으로／ 새벽 눈발이 하얗게 손 흔들며／ 글썽글썽 녹고 있다.'

아들아, 아프지 말거라. 잘 살아야 한다. 우짜든지 살아남아야 한다. 어머니, 엄니. 오래 평안하셔야 합니다. 그 자리에 그대로 잘 계셔주셔야 합니다. 멀리 손을 흔든다.

망우리 길

걷지 않아도 길은 이어진다. 떠나간 사람에게 마음을 주면서 흔들리는 풀꽃은 내일이면 하얗게 쓰러질 것이고 내일이면 흰 풀꽃 같은 사람들이 산으로 가 살 것이지만 사람들은 모든 길이 망우리로 이어져 있음을 알지 못한다. 사람들은 오늘 걸어온 만큼 짧아진 길을 버려도 하루해는 영원한 길을 버리지 않는다. 깨끗하라, 깨끗하라, 오늘 하루 망우리 산기슭엔 누구를 위한 돌을 쪼으는지 아름다운 이름을 새기는 정소리가 가득하구나.

고향으로 가는
장님으로 가는
망우리 길.

권달웅

언제부터인가 망우리는 공동묘지의 대명사처럼 여겨졌다. 망우리에 가 본 사람이든 안 가 본 사람이든 '망우리' 하면 '공동묘지'를 떠올리도록 되어있다. 실지로는 조선조 개조開祖 이성계가 마음에 드는 묏자리를 잡고 돌아오면서 시름을 잊었다 해서 '망우忘憂'라는 이름을 붙였다고 전한다.

설왕설래 이름의 유래야 어쨌든 망우리가 '무덤'의 의미와 가깝게 사용되고 있는 건 사실이다. 인간은 언젠가는 죽는다. 다른 건 피할 수 있어도 죽음만은 피할 수 없는 필수 코스다. 이 죽음 앞에 시인은 여러 가지 금언 같은 말들을 내놓는다. 젊은 시인이 쓴 작품치고서는 조숙했다는 느낌이 없지 않다.

'걷지 않아도 길은 이어진다', '사람들은 모든 길이 망우리로 이어져 있음을 알지 못한다', '하루해는 영원한 길을 버리지 않는다.' 서양 속담에 '모든 길은 로마로 이어진다'는 말이 있다는데 모든 인생은 무덤으로 이어져있다고 말해도 과언이 아닐 것이다.

그리하여 시인은 결론을 내린다. '고향으로 가는/ 장님으로 가는/ 망우리 길.' 섬뜩하다. '메멘토 모리' 죽음을 기억하라. 하루하루, 한 시간 한 시간, 정신 차려 살라는 경고다.

병상록

병명도 모르는 채 시름시름 앓으며

몸져 누운 지 이제 10년.

고속도로는 뚫려도 내가 살 길은 없는 것이냐.

간, 심, 비, 폐, 신……

오장이 어디 한 군데 성한 데 없이

생물학 교실의 골격 표본처럼

뼈만 앙상한 이 극한 상황에서……

어두운 밤 터널을 지나는

디이젤의 엔진 소리

나는 또 숨이 가쁘다 열이 오른다.

기침이 난다.

머리맡을 뒤져도 물 한 모금 없다.

하는 수 없이 일어나 등잔에 불을 붙인다.

방안 하나 가득 찬 철모르는 어린것들,

제멋대로 그저 아무렇게나 가로세로 드러누워

고단한 숨결은 한창 얼크러졌는데

문득 둘째의 등록금과 발가락 나온 운동화가 어른거린다.

내가 막상 가는 날은 너희는 누구에게 손을 벌리랴.

가여운 내 아들딸들아,

가난함에 행여 주눅 들지 말라.

사람은 우환에서 살고 안락에서 죽는 것,

백금 도가니에 넣어 단련할수록 훌륭한 보검이 된다.

아하, 새벽은 아직 멀었나 보다.

김관식

한 시절 우리 시단에는 괴짜 시인, 기행奇行 시인이 여럿 있었다고
전한다. 시를 쓰는 사람들이 워낙 별난 성벽性癖이 있으므로 그럴
법한 일이라 짐작이 가는 일인데 그래도 그 시절엔 인간미가 살아
있던 시절이고 또 세상 인심이 넉넉하던 시절이라 가능했으리라고
본다.

그 대표적인 인물이 천상병 시인과 김관식 시인이다. 김관식 시인
은 일찍이 정인보, 최남선, 오세창, 조지훈, 서정주 같은 당대 명사
들을 스승으로 모시고 공부한 사람이다. 자존심이 높았고 술을 많
이 드셨고 또 말씀이 독했던가 보았다. 그래서 문단에서는 시인의
포화에 맞지 않으려고 선배 시인들조차 전전긍긍했다고 한다.

시인은 오래 살지 못했다. 지상에 남아있던 기간이 겨우 36년

(1934~1970). 그런데도 오래 살다 간 사람 같이만 느껴지는 건 아무래도 그의 삶의 족적 때문이리라. 신병이 깊은 말년에는 대전에 있는 한의사 형님 댁에 머물면서 기거하는 방 천장에 빈 주전자를 매달아 놓고 '저놈이 나를 죽인다'라고 소리치곤 했다고 한다.

그런 시인이 마지막 투병 생활의 기록으로서의 시다. 절절한 아픔. 오래 산 노인의 음성이다. 오장육부 전신이 망가진 인간의 절규다. '고속도로는 뚫려도 내가 살 길은 없는 것이냐'고 호소를 한다. '어두운 밤 터널을 지나는/ 디이젤의 엔진 소리/ 나는 또 숨이 가쁘다 열이 오른다', '아하, 새벽은 아직 멀었나 보다.'

그래도 시인은 용기와 평상심을 잃지 않는다. 그것은 자식들에게로 가는 당부다. '가여운 내 아들딸들아,/ 가난함에 행여 주눅 들지 말라./ 사람은 우환에서 살고 안락에서 죽는 것,/ 백금 도가니에 넣어 단련할수록 훌륭한 보검이 된다.' 이런 부형의 당부를 유념했다면 분명히 그 자식들은 훌륭하게 장성했을 것이다.

설야수 雪夜愁

눈 내리는 날은
여자여 잠이 들렴.

이끼 슬은 팔다리의 언저리를 묻어
사랑의 눈물의 눈이 내리면

새로운 맑은 숨은 살아오리.
꿈을 꾸며 노래하는
후미진 조용한 물이랑에 실리어
애달픔은 연신 희살 짓는다.
어루만지는 아늑한 팔뚝에서
나른히 쉬는 외로운 오롯한 목숨.

여자여 눈 내리는 밤은
가녈프레 풀잎이 싹터 오는데
안겨서 잠이 들렴.

내 짙은 난초잎은
어우러져 스며들어라.

눈이 사풋사풋

아릿한 젖 언저리에 쌓인다.

은은한 복스러운 밤

비어있는 해설픈 맑은 항아린 양

스스로이 소리 이루어

벌거숭이 몸뚱어리에 어리는 설움.

눈 내리는 밤은

여자여 잠이 들렴.

구자운

구자운. 우리가 지닌 가장 빛나는 모국어로 시를 쓴 시인, 그러나 지금은 사람들 기억으로부터 멀어진 시인. 영국 시인 바이런처럼 한쪽 다리를 살짝 절었다고 전한다. 하지만 시에 대한 하늘 같은 열정과 꿈으로 일생을 살았노라 한다.

인생길 힘든 곡절이 어찌 없었을까만 좋은 시를 남겼기에 영원히 사는 목숨이 되었다. 그런 가운데서도 지금 우리가 읽는 「설야수」란 작품이 그중 빛나고 눈부신 모국어와 민족 정서로 쓰여진 작품이다. '설야수'란 '눈 오는 밤의 슬픔'이란 뜻. 시인은 이렇게 가끔 새로운 단어를 만들어내기도 한다.

뿐더러 이 작품에는 사전을 찾아도 잘 나오지 않는 낱말들이 있다. 시인이 자신의 절실한 감정을 나타내기 위해 지어낸 말이다. 일급 시인들은 때로 이렇게 시어를 만들어서 사용하기도 한다. 자연과 인간의 교감, 인간과 인간의 사랑. 이보다도 슬프게 숨 가쁘게 그려낼 수 없는 일이다. 내가 보기론 우리 한국시 사랑의 시 가운데 최고의 시라고 생각한다.

눈이 내리느니

북국에는 날마다 밤마다 눈이 내리느니,
회색 하늘 속으로 흰 눈이 퍼부을 때마다
눈 속에 파묻히는 하아얀 조선이 보이느니.

가끔 가다가 당나귀 울리는 눈보라가
막북강漠北江 건너로 굵은 모래를 쥐어다가
추위에 얼어 떠는 백의인白衣人의 귓불을 때리느니.

춥길래 멀리서 오신 손님을
부득이 만류도 못 하느니,
봄이라고 개나리꽃 보러 온 손님을
눈발귀에 실어 곱게 남국에 돌려보내느니.

백웅白熊이 울고 북랑성北狼星이 눈 깜박일 때마다
제비 가는 곳 그리워하는 우리네는
서로 부둥켜안고 적성赤星을 손가락질하며 얼음벌에 춤추느니.

모닥불에 비치는 이방인의 새파란 눈알을 보면서,
북국은 추워라, 이 추운 밤에도

강녘에는 밀수입 마차의 지나는 소리 들리느니,
얼음짱 트는 소리에 쇠방울 소리 잠겨지면서.

오호, 흰 눈이 내리느니 보오얀 흰 눈이
북새北塞로 가는 이사꾼 짐짝 위에
말없이 함박눈이 잘도 내리느니.

김동환

시를 제대로 읽어내기가 쉽지 않다. 어떤 때는 막막함으로 눈앞이 막힐 때도 있다. 이 시도 그런 작품 가운데 하나다. 우리나라 시사에서 1930년대 혜성같이 나타난 시인이 바로 파인巴人 김동환 시인이다. 특히 한국 최초의 서사시집인 『국경의 밤』(1936년 출간)으로 유명하다.

우리가 읽는 이 작품도 그 시기에 나온 작품이다. 시의 분위기가 웅혼하고 광활하다. 소재도 매우 낯설고 멀다. 마치 번역된 러시아의 시를 읽는 느낌마저 든다. 시의 어미조차도 완성형으로 끝내지 않고 미완성으로 끝내면서 뒤에 하지 못한 말을 삼킨다. 시인은 무슨 말을 남기고 싶었을까. 역시 이 시를 읽으려면 몇 마디 북쪽 말에 대한 고찰이 필요하다.

＊막북강(漠北江): 고비사막 북쪽으로 흐르는 강. 우리 민족이 만주 땅을 지나 몽골지역까지 이주했음을 말해준다.

＊눈발귀: 눈＋발귀. '발귀'는 '발구'의 함경도 지방어. 또 '발구'는 물건을 실어 나르는 마소가 이끄는 썰매. 여기서는 눈썰매를 가리킨다.

＊백웅(白熊): 북국에 사는 흰 곰.

＊북랑성(北狼星): 큰개자리별인 시리우스(Sirius) 별

＊적성(赤星): 샛별, 또는 금성.

＊북새(北塞): 북쪽 변방이나 국경지대.

깨끗이와 아내의 죽음

병은 약을 알고 나는데
그걸 아는 명의가 없는 시절에
아내의 병은 깊어갔다

뇌출혈 수술에 성공한 대학 병원이라
찾아가니 명의가 있어
지금 수술하면 깨끗이 나아
삼 주일이면 퇴원한다기에
자궁을 대게 한 것인데
칼 끝에서 오줌이 샜다
생명엔 아무 관계없으니
최후까지 책임진다

신 박사님의 장담이 수상해서
목숨이여 어서 크시라 오십 년 긴 정으로 빌어
목숨의 하루하루를 옆에서 붙였건만
오줌을 막을 길 없었는데
그 다음엔
신장을 수술하면 깨끗이 나아

한 주일이면 퇴원한다

요독증이 생기면 큰일난다는 바람에

아무 장애없던 작은 생명 신장을

큰 생명을 위해

비뇨기과의 이 박사님 칼에 맡겨 신장을 들이댔는데

오줌이 칼에 베어지지 않고

심술을 부렸는지

임종과 같다는 파긴슨 현상이 나타나서

삶과 죽음이 만나는

최후의 신음소리가

인간 생명의 심연 속에서 들리니

죽음에 떠는 학도의 서글픈 손길

더듬더듬 산소호흡기를 댈 때

오호 인술부재人術不在라

그 칼에 다음 모르모트는 누굴까

병상을 깨끗이 내주고 나서려니

어디 가서 숨을 같이 쉬랴

오줌에 덴다가 오줌에 죽는다로
바뀐 세상
의료 과실은 죽어도 말할 데가 없이
명의를 살리는 법이 그렇게 살고 있었다

손이 제일 더럽다 씻고 들어가
방 한구석을 지키며
한 집을 세워 나가던 사람
숨이 져서 아랫목에 누워
하늘 아래 첫동무라던
그 흐느낌도 모르고 가니

첫 번 잘못 믿은 것이
불신을 다시 믿게 된 과실
병엔 정(情)이 돌지만
칼의 상해엔 독이 남아서
병이 죽인 것이 아니라
박사님의 관(冠)에 맡겨 살리려다가
더 빨리 죽게 한 뉘우침

보이는 데마다 비고
눈물이 고여
눈알이 썩네

김광섭

통렬한 아픔이다. 무엇에 비할까? 사람이 살면서 누군가 죽었을 때 가장 큰 데미지를 입는 상대가 가족 가운데서도 오래 함께 산 배우자라 그런다. '하늘 아래 첫 동무'라 하지 않았나. 시가 간결한 문장이어야 함을 잘 알면서도 시인은 그 '첫 동무'를 잃게 된 과정을 세세히 꼼꼼하게 밝혔다. 그렇게라도 하지 않으면 안 될 것 같은 다급하고 간절한 심정이 그렇게 하게 만들었지 싶다.

결코 남의 일이 아니다. 누구나 한 번씩은 겪어야 할 목숨의 고비다. 아무리 결혼해서 함께 오래 산 사람이라 해도 흔히들 정다운 부부가 소원하듯이 한날한시에 같이 세상을 뜰 수는 없는 노릇. 한 사람은 먼저 가고 한 사람은 뒤에 남는다. 어쩌면 뒤에 남은 사람이 더욱 비참할 것이다. '보이는 데마다 비고/ 눈물이 고여/ 눈알이 썩네'. 이보다 더한 통탄은 없고 이보다 더한 비참은 없다.

풀

풀이 눕는다.
비를 몰아오는 동풍에 나부껴
풀은 눕고
드디어 울었다.
날이 흐려져 더 울다가
다시 누웠다.

풀이 눕는다.
바람보다도 더 빨리 눕는다.
바람보다도 더 빨리 울고
바람보다도 먼저 일어난다.

날이 흐리고 풀이 눕는다.
발목까지
발밑까지 눕는다.
바람보다 늦게 누워도
바람보다 먼저 일어나고
바람보다 늦게 울어도
바람보다 먼저 웃는다.

날이 흐리고 풀뿌리가 눕는다.

김수영

──────

「풀」은 김수영 시인의 얼굴과도 같은 작품이다. 그런데 이 작품이
시인의 유고작이라니 짐짓 놀랍다. 역시 시인은 마지막 작품이 중
요한가 한다. 「풀」이란 작품은 구성이나 언어는 쉽지만 그 안에 들
어있는 알맹이는 쉽게 파악되지 않는다. 더러는 공자의 '논어'의 한
구절을 들이대기도 하고 더러는 분석적인 방법을 들이대겠지만 나
는 그런 걸 모른다. 다만 가슴으로 느낄 뿐이다.

느낌이 오기는 온다. 가장 큰 느낌은 '눕는다'와 '운다'에서 오고 상
대적으로 작용하는 느낌은 '일어난다'와 '웃는다'에서 온다. 그래서
어쨌다는 건가? 이 시를 읽고 나면 무언가 시원한 감흥이 있다. 바
로 이것이다. 그 승리감 같은 거. 잠시 어둠의 터널을 지났다는 느
낌과 함께 오는 밝음. 해방감. 실상 시 감상은 그 정도가 가장 정직
한 것이 아닐까 한다.

민간인民間人

1947년 봄

심야深夜

황해도 해주海州의 바다

이남以南과 이북以北의 경계선 용당포浦

사공은 조심조심 노를 저어가고 있었다.

울음을 터뜨린 한 영아嬰兒를 삼킨 곳,

스무 몇 해나 지나서도 누구나 그 수심水深을 모른다.

김종삼

이 시는 전봉건 시인이 주관하던 《현대시학》의 현대시학 작품상 제2회(1971년) 수상작품이다. 그 시절엔 문학상이 흔하지 않아서 문인들이 문학상에 관심을 많이 가질 때이다. 물론 《현대시학》 그 잡지에서 읽었을 것이다. 충격이었다.

한마디로 전쟁의 비극을 고발하는 작품. 하지만 화자는 매우 냉철하다. 마치 영화에서 카메라 앵글을 돌리듯 차분하고 차갑다. 오불관언吾不關焉. 이럴 수가 있단 말인가! 인간의 잔인함 앞에 치가 떨린다. 무슨 구구한 설명이 더 필요하랴. 시가 말해주고 시를 읽는 가슴이 알아본다.

강우 降雨

조금 전까지는 거기 있었는데
어디로 갔나,
밥상은 차려놓고 어디로 갔나,
넙치지지미 맵싸한 냄새가
코를 맵싸하게 하는데
어디로 갔나,
이 사람이 갑자기 왜 말이 없나,
내 목소리는 메아리가 되어
되돌아온다.
내 목소리만 내 귀에 들린다.
이 사람이 어디 가서 잠시 누웠나,
옆구리 담괴가 다시 도졌나, 아니 아니
이번에는 그게 아닌가 보다.
한 뼘 두 뼘 어둠을 적시며 비가 온다.
혹시나 하고 나는 밖을 기웃거린다.
나는 풀이 죽는다.
빗발은 한 치 앞을 못 보게 한다.
왠지 느닷없이 그렇게 퍼붓는다.
지금은 어쩔 수가 없다고,

김춘수

대개 오래 생존하며 시작 활동을 이어온 시인들의 시를 보면 몇 단계로 나누어진다. 김춘수 시인도 거기에 해당되는 시인이다. 초기엔 의미를 중시하는 서정성 짙은 시를 썼지만 중기로 오면서 무의미시無意味詩를 실험하게 되어 전혀 다른 시를 썼다. 솔직히 말해 나는 의미가 소거된 언어를 인정할 수 없듯이 의미를 떼어낸 시가 있을 수 없다고 믿는 사람이다.

그래서 나는 중기 시 이후의 시에 무관심했다. 읽지 않았다. 아예 알려고 하지 않았다. 당연히 그러려니 하고 넘어갔다. 그런데 나의 딸이기도 한 나민애 평론가가 동아일보 지면에 토요일마다 연재하고 있는 시 해설 코너에서 김춘수 시인의 시를 읽고 놀랐다. 바로 위의 시 「강우」가 그것.

무의미시가 아니었다. 시인은 생전에 부인과 금슬이 좋기로 이름났던 분. 부인이 먼저 세상을 뜬 것이다. 혼자서 적적하게 지내는 날. 그것도 비 오는 날. 문득 부인을 찾는 시인의 당황하는 모습이 떠올라 마음이 아프다. 이미 세상을 떠난 아내다. 그걸 시인은 잘 안다. 그런데도 아내를 찾는다. 마음이 알아서 시키는 일이다.

남의 일이 아니다. 아내를 찾게 된 동기는 밥상에 차려진 넙치지지미 맵싸한 냄새 때문이다. 아내가 생전에 남편을 위해 잘해주던 음식이 바로 그 음식이었던 것이다. 사람은 이렇게 아주 미세한 단서에 의해 기억이 회상되고 그 기억에 의해 행동이 촉발되기도 한다.

아내를 먼저 떠나보내고 초라하게 혼자 남아 빗소리를 듣고 있는
저 늙은 남편을 생각한다. 어느 날의 내 모습이기도 하다. 이런 때
는 빗소리도 빗소리가 아니라 조용하게 읊조리는 통곡이겠다.

겨울방학

내 나이 그새 서른하나
어쩌다 잘못 시작한 공부를 하겠다고
쫓기는 마음으로 책을 잡는다
친구들은 모두 장가를 들어
어허 춥다, 안방에 누워
여우 같은 마누라와 자식새끼들
솜털 같은 사랑을 어우르는데
공부는 해서 무엇에 쓰나
무수한 돌팔매에 얻어맞으며
빌려 쓰는 연구실 창밖엔 눈 내리고
엉덩일 부비며 눈 내리고
배고프지, 어지러운 세상을 향해
나는 뜻 모를 헛소리를 중얼거린다
학생들은 나보다 더 폭폭해서
번번이 올라와 치를 떠는데
그나마 식민지 토막난 나라
오오, 중진국 가난한 젊은 학자여
주당 일곱 시간 시간강의도
실은 얼마나 큰 혜택인가

살뜰한 부모님 못 뵌 지 오래
고향 눈보라 속 청청한 소나무를 생각다 보면
텅 빈 외양간, 녹슨 쇠스랑을 생각다 보면
잘도, 타는구나 먼 나라 중동에서 온
석유, 난로 위엔 구수한 라면이 끓고
나는 또또 콧노래 중얼대며 책을 잡는다
그만 악착같이 책을 읽는다.

이은봉

이은봉 시인과 나는 특별한 인연이 있다. 내가 1973년 첫 시집을 냈을 무렵 그가 나를 불러 문학 강연 초청을 해준 인연이다. 그 당시 그는 만학도로 숭전대학교 학생이었다. 나로서는 그것이 거의 첫 번째 문학 강연 초청이 아니었던가 싶다.

그 이후 그는 나의 지기가 되었고 그가 어렵게 공부하여 문학박사가 되고 대학교 교수가 되는 과정을 지켜보았다. 더불어 시인이 되어 활동하는 것도 보았다. 쉽지 않은 시대를 살면서 자기 나름 올바르게 서려고 애쓰는 모습을 보면서 나보다 연하의 사람이긴 하지만 늘 존중하는 마음을 가졌다.

바로 그 사람의 시다. 힘들게 어렵게 세상을 살아간 사람의 어느 한고비 인생 삽화가 깃들어 있다. 모두들 쉬고 편안하게 지내는 겨울방학인데 그러지 못하고 여전히 공부해야 하고 미래를 걱정해야 하는 이 젊은 공부꾼의 한탄을 어찌할 것인가. '공부는 해서 무엇에 쓰나'. 그것은 여전히 오늘 다른 젊은이들의 몫으로 돌아갔을 것 같아 시를 읽는 마음이 편치 않다.

그래도 시의 마지막 구절은 우리에게 희미한 희망을 준다. '석유, 난로 위엔 구수한 라면이 끓고/ 나는 또또 콧노래 중얼대며 책을 잡는다/ 그만 악착같이 책을 읽는다.' 여전히 힘든 젊은이들에게 건강하고 푸른 안부를 전한다. 그래 조금만 참아보자. 끝내는 좋은 날이 오고야 말 거야.

안녕, 안녕

1

눈총의 난타를 맞으며
실의를 부끄러움으로 바꾸어 지고
돌아오는 금의환향의 입구를
몰래 빠져나가는 좁은 출구에서
손 한 번 흔들지 못하고
비틀거리며 비뚤어진 다리를 옮긴다.

인사는 못 하고 떠나지만
통곡하며 갔다고 전하여다오.

2

언어를 캐던 하얀 손으로는
석탄도 소금도 캐기는 어렵겠지만,
생활의 물결의 높낮이에, 어쩌다
솟아보는 머리를 쳐들고
새처럼 날아 보았으면
새처럼 날아 보았으면

그만둘 직장도 없는

정년퇴직의 나이를 꽃지게에 지고 간다.

3

웃지 말라, 꾸짖지도 말라.

쉽게 이야기하지 말라.

때리는 채찍은 장난이겠지만,

맞는 개구리의 배는

생명과 이어지는 아픔,

한 사람의 깊은 아픔은 누구도 달래지 못한다.

안녕은 못 하고 떠나지만

잊지 않을 거라고 전하어다오.

박남수

마음이 아프다. 한국의 원로시인 한 분이 고국을 떠나 미국으로 이민 가면서 남긴 이별사. 소리 없는 통곡. 영종도 인천공항이 생기기 이전이니까 김포공항에서의 일이다. '눈총의 난타를 맞으며/ 실의를 부끄러움으로 바꾸어 지고/ 돌아오는 금의환향의 입구를/ 몰래 빠져나가는 좁은 출구'를 통해 떠났지 않나.

박남수 시인은 청록파 시인과 함께 정지용 시인에 의해《문장》지의 추천을 통해 등단한 시인. 한 시절 한국시의 중심인물이었던 분. 나만 해도 이분의 손에 의해 문단에 소개되었다.《서울신문》신춘문예에 당선될 때 박목월 시인과 박남수 시인 두 분이 심사위원이었던 것이다.

애당초 이분의 시는 매우 깔끔하고 이미지 중심인 것이 특징이었다. 그러나 미국의 이민 생활을 시작하면서 시의 기본 정조가 바뀌어 생활 중심에다가 평이한 서술 행태로 변했다. 미국에 가서는 플로리다주의 한 도시에서 채소가게를 운영하면서 말년의 날들을 보냈노라 한다.

세월은 무정하다. 사람의 흔적을 지우고 또 이름조차 지우려 든다. 오늘날 한국의 독자들이 이분의 시를 잘 모르는 것이 다시금 안타깝다. 개인적으로 '마음의 스승'인 이분을 제대로 모시지 못한 무능과 불민不敏이 많이 부끄럽고 후회스럽다.

결빙의 아버지

어머님,
제 예닐곱 살 적 겨울은
목조 적산가옥 이층 다다미방의
벌거숭이 유리창 깨질 듯 울어대던 외풍 탓으로
한없이 추웠지요, 밤마다 나는 벌벌 떨면서
아버지 가랑이 사이로 발을 밀어 넣고
그 가슴팍에 벌레처럼 파고들어 얼굴을 묻은 채
겨우 잠이 들곤 했지요.

요즈음도 추운 밤이면
곁에서 잠든 아이들 이불깃을 덮어 주며
늘 그런 추억으로 마음이 아프고,
나를 품어 주던 그 가슴이 이제는 한 줌 뼛가루로 삭아
붉은 흙에 자취 없이 뒤섞여 있음을 생각하면
옛날처럼 나는 다시 아버지 곁에 눕고 싶습니다.

그런데 어머님,
오늘은 영하의 한강교를 지나면서 문득
나를 품에 안고 추위를 막아 주던

예닐곱 살 적 그 겨울밤의 아버지가
이승의 물로 화신化身해 있음을 보았습니다.
품안에 부드럽고 여린 물살을 무사히 흘러
바다로 가라고,
꽝 꽝 얼어붙은 잔등으로 혹한을 막으며
하얗게 얼음으로 엎드려 있던 아버지,
아버지, 아버지……

이수익

어머니에게 드리는 고백체 문장. 한 장의 서간문. 그러나 그 서간문의 중심에는 어머니가 있는 게 아니라 아버지가 있다. 이른바 가난하고 춥고 배고프던 어린 시절. 적산가옥 2층 다다미방에 깃들어 살 때. 예닐곱 살 무렵의 어린 나이. 윤동주 시인의 「쉽게 쓰여진 시」에 등장하는 '육첩방'이 바로 그 다다미방이다. 일본식 방. 짚방석 여섯 장을 바닥에 깔아서 만든 방. 난방이 도무지 안 된다. 겨울에는 그냥 벌벌 떨며 견딜 수밖엔 없다.

그러한 극한 상황 속에서 아버지의 역할이 놀랍다. '아버지 가랑이 사이로 발을 밀어 넣고/ 그 가슴팍에 벌레처럼 파고들어 얼굴을 묻은 채/ 겨우 잠이 들곤 했지요.' 이 아들의 추억. 그 아들이 자라 다시 아버지가 되어 여전히 추운 겨울밤, 잠든 자식들의 이불깃을 챙겨주며 아버지를 회상한다. 그것도 지금은 세상에 계시지 않는 아버지, '한 줌 뼛가루'가 되어 흙에 묻힌 아버지를 생각하며 아버지 곁에 다시금 옛날처럼 눕고 싶다고 고백한다.

목숨은 하나의 강물. 그것이 비록 꽝꽝 얼어붙은 결빙의 강물이라도 그 아래로는 세차게 흐르고 있는 물줄기가 있음을 우리는 안다. 흘러라 강물이여. 얼음 밑이라도 세차게 굽이쳐 흘러서 가라. 먼 바다로. 그래서 하나가 되라. 아버지와 아들, 다시 아버지와 아들은 그렇게 만나고 또 만난다.

남신의주 유동 박시봉방 南新義州 柳洞 朴時逢方

어느 사이에 나는 아내도 없고, 또,

아내와 같이 살던 집도 없어지고,

그리고 살뜰한 부모며 동생들과도 멀리 떨어져서,

그 어느 바람 세인 쓸쓸한 거리 끝에 헤매이었다.

바로 날도 저물어서,

바람은 더욱 세게 불고, 추위는 점점 더해오는데,

나는 어느 목수木手네 집 헌 삿*을 깐,

한 방에 들어서 쥔을 붙이었다

이리하여 나는 이 습내 나는 춥고, 누긋한 방에서,

낮이나 밤이나 나는 나 혼자도 너무 많은 것같이 생각하며,

딜옹배기*에 북덕불*이라도 담겨 오면,

이것을 안고 손을 쬐며 재 위에 뜻 없이 글자를 쓰기도 하며,

또 문 밖에 나가지두 않구 자리에 누워서,

머리에 손깍지 벼개를 하고 굴기도 하면서,

나는 내 슬픔이며 어리석음이며를 소처럼 연하여 새김질하
는 것이었다

내 가슴이 꽉 메어 올 적이며,

내 눈에 뜨거운 것이 핑 괴일 적이며,

또 내 스스로 화끈 낯이 붉도록 부끄러울 적이며,

나는 내 슬픔과 어리석음에 눌리어 죽을 수밖에 없는 것을
느끼는 것이었다

그러나 잠시 뒤에 나는 고개를 들어,

허연 문창을 바라보든가 또 눈을 떠서 높은 턴정*을 쳐다보
는 것인데,

이때 나는 내 뜻이며 힘으로, 나를 이끌어 가는 것이 힘든
일인 것을 생각하고,

이것들보다 더 크고, 높은 것이 있어서, 나를 마음대로 굴
려 가는 것을 생각하는 것인데,

이렇게 하여 여러 날이 지나는 동안에,

내 어지러운 마음에는 슬픔이며, 한탄이며, 가라앉을 것은
차츰 앙금이 되어 가라앉고,

외로운 생각만이 드는 때쯤 해서는,

더러 나줏손*에 쌀랑쌀랑 싸락눈이 와서 문창을 치기도 하
는 때도 있는데,

나는 이런 저녁에는 화로를 더욱 다가 끼며, 무릎을 꿇어
보며,

어느 먼 산 뒷옆에 바위섶*에 따로 외로이 서서,

어두워오는데 하이야니 눈을 맞을, 그 마른 잎새에는,

쌀랑쌀랑 소리도 나며 눈을 맞을,

그 드물다는 굳고 정한 갈매나무라는 나무를 생각하는 것

이었다.

백석

1948년 10월《학풍學風》창간호에 발표한 시란다. 그런데 내가 이
시를 처음 만난 것은 1962년 유종호 교수의 첫 평론집 『비순수의
선언』(신구문화사, 1962)을 통해서였다. 1962년이면 내가 고등학교
3학년에 재학 중이던 때다. 무작정 문학 서적, 새로 나온 책이면 사
서 읽던 시절이다.

그 책들 사이에 이 시의 전문이 나와 있었다. 그런데 시인의 이름
이 나와 있지 않았다. 책을 읽으면서 그것이 의문이었고 또 시의
내용이 도통 요령부득要領不得이었다. 뭐 이런 시가 다 있단 말인
가! 기본적인 단어조차 해득이 안 되었다.

우선 '남신의주 유동 박시봉방'이란 제목부터가 그랬다. 그것이 '떠
돌이로 살면서 잠시 들어있는 집(하숙집이나 여관) 주소'라는 의미
였다는 사실을 알게 된 것은 많은 세월이 흐른 뒤였다. 그러므로

이 글은 서간문 형식의 글인데 글 속에 나오는 여러 개의 투박한 북녘 사투리, 이를테면 '삿', '딜옹배기', '북덕불', '나줏손', '바위섶'의 뜻을 알기까지는 더욱 긴 세월이 필요했다.

그나저나 이 시는 한국시가 지녀야 할 가장 높은 품격을 지닌 시다. 이 시를 백석이란 시인 이름과 함께 더불어 감상할 수 있는 것은 오늘날 우리가 누릴 수 있는 큰 축복이 분명하다. 갈매나무라 했다. '드물다는 굳고 정한 갈매나무', 높고 깊은 산속에만 산다는 그 아름다운 갈매나무가 되는 순간이다.

이 시를 마음 놓고 읽으려면 몇 군데 단어에 대한 풀이가 필요하다.

＊南新義州 柳洞 朴時逢方: 화자가 하숙을 붙여 사는 집. 편지에 적은 발신인 주소.

＊삿: 갈대를 여러 가닥으로 줄지어 매거나 묶어서 만든 자리.

＊딜옹배기: 질옹배기. 아가리가 넓게 벌어진 둥글넓적한 질그릇.

＊북덕불: 짚이나 풀 따위가 함부로 뒤섞여서 엉클어진 뭉텅이에 피운 불.

＊턴정: 천장. 지붕의 안쪽.

＊나줏손: 저녁 무렵.

＊바위섶: 바위 옆.

월훈 月暈

첩첩산중에도 없는 마을이 여긴 있습니다. 잎 진 사잇길, 저 모래 둑, 그 너머 강기슭에서도 보이진 않습니다. 허방다리 들어내면 보이는 마을.

갱坑 속 같은 마을. 꼴깍, 해가, 노루꼬리 해가 지면 집집마다 봉당에 불을 켜지요. 콩깍지, 콩깍지처럼 후미진 외딴집, 외딴집에도 불빛은 앉아 이슥토록 창문은 모과木瓜빛입니다. 기인 밤입니다. 외딴집 노인은 홀로 잠이 깨어 출출한 나머지 무를 깎기도 하고 고구마를 깎다, 문득 바람도 없는데 시나브로 풀려풀려 내리는 짚단, 짚오라기의 설레임을 듣습니다. 귀를 모으고 듣지요. 후루룩 후루룩 처마깃에 나래 묻는 이름 모를 새, 새들의 온기溫氣를 생각합니다. 숨을 죽이고 생각하지요.

참 오래오래, 노인의 자리맡에 밭은기침 소리도 없을 양이면 벽 속에서 겨울 귀뚜라미는 울지요. 떼를 지어 웁니다. 벽이 무너지라고 웁니다.

어느덧 밖에는 눈발이라도 치는지, 펄펄 함박눈이라도 흩날리는지, 창호지 문살에 돋는 월훈月暈.

박용래

1976년 1월 하순쯤이었을 것이다. 첫 시집을 내고 한참 문단 활동을 시작하던 시기. 겨울방학을 맞아 강원도 속초의 이성선 시인을 만나고 집으로 가던 길에 대전시 오류동에 살고 있던 박용래 시인을 방문, 그 댁에서 1박을 한 일이 있다.

시인은 마침 《문학사상》으로부터 시 청탁을 받았노라며 시를 쓰고 있었다. 산문 형태의 긴 시였다. 내가 모르는 단어가 많았다. 그 시를 시인은 밤을 새워가면서 썼다. 그 바람에 나도 잠을 설쳤다. 윗목에 꾸부려 잠을 자다 보면 시인이 나를 깨워 방금 고친 시를 읽어보라고 했다.

시인은 외우고 또 외웠다. 외우면서 고치고 또 고쳤다. 아, 그렇구나. 시는 외우면서 서로 어울려 상생相生하는 말은 남기고 서로 맞서서 상극相剋하는 말은 바꾸는 거구나. 그 뒤로 나는 입으로 외우면서 시를 쓰는 버릇이 생겼다. 하룻저녁 잠을 설치긴 했지만 귀한 공부를 한 셈이다.

백석 시인의 시를 읽을 때도 우리말, 그러니까 토속어에 대한 상식이 있어야 하지만 박용래 시인의 이 시를 읽는 때도 우리말 상식이 요구된다. 우리말이 이끌어가는 서사 구조의 뼈대를 따라 서정성과 교묘하게 어울리며 참 아름다운 세상을 만들어나간다.

시 안에 한 노인이 있다. '외딴집 노인'. '홀로 잠이 깨어 출출한 나머지 무를 깎기도 하고 고구마를 깎'는 노인. '문득 바람도 없는데 시나브로 풀려풀려 내리는 짚단, 짚오라기의 설레임을 듣'는 그 노인. 그 노인이 바로 박용래 시인이었다.

연탄불로 난방을 한 구들방. 아랫목만 까맣게 그슬린 자국. 윗목에는 이파리가 시퍼렇게 얼어 죽어가는 협죽도를 품고 있는 대형 화분이 하나 놓여있었다. 그 또한 털벙거지를 쓰고 있는 머리털이 일찍 세어버린 시인의 모습이기도 했다.

그날 밤에 쓴 시는《문학사상》1976년 3월호에 발표되었다.

* 월훈(月暈): 달무리.
* 허방다리: 함정.
* 갱(坑): 광물을 캐내기 위해 파 들어간 땅속 구덩이.
* 봉당(封堂): 안방과 건넌방 사이에 마루를 놓을 자리에 마루를 놓지 않고 흙바닥 그대로 둔 곳.
* 시나브로: 모르는 사이에 조금씩.
* 처마깃: 지붕이 도리 밖으로 내민 부분.
* 자리맡: 잠자리의 곁.
* 밭은기침: 소리가 크지 않게 자주 하는 기침.

국물

메루치와 다시마와 무와 양파를 달인 국물로 국수를 만듭
니다
바다의 쓰라린 소식과 들판의 뼈저린 대결이 서로 몸 섞으며
사람의 혀를 간질이는 맛을 내고 있습니다

바다는 흐르기만 해서 다리가 없고
들판은 뿌리로 버티다가 허리를 다치기도 하지만
피가 졸고 졸고 애가 잦아지고
서로 뒤틀거나 배배 꼬여 증오의 끝을 다 삭인 뒤에야
고요의 맛이 다가옵니다

내 남편이란 인간도 이 국수를 좋아하다가 죽었지요
바다가 되었다가 들판이 되었다가
들판이다가 바다이다가
다 속은 넓었지만 서로 포개지 못하고
포개지 못하는 절망으로 홀로 입술이 짓물러 눈감았지요

상징적으로 메루치와 양파를 섞어 우려낸 국물을 먹으며
살았습니다

바다만큼 들판만큼 사랑하는 사이는 아니지만

몸을 우리고 마음을 끓여서 겨우 섞어진 국물을 마주 보
고 마시는

그는 내 생의 국물이고 나는 그의 국물이었습니다

신달자

어법이 치렁치렁하고 세상과 삶을 바라보는 눈길이 시원시원하다. 거침이 없다. 많은 부분 마음을 내려놓지 않은 사람이 아니고서는 이렇게 말하기 어렵다. 이런 경지에 다다르기 어렵다. 힘들고 고달 픈 인생 속에서 깨어지고 망가지고 그러면서 그 어떤 깨달음이 있 었기에 이런 문장이 나올 법하다.

겉으로 명랑 쾌활 민첩한데 그 아래로 흐르는 비애의 강물을 느낀 다. 인생이란 그런 것인가! 가도 가도 막막한 모래밭 길. 도착점 없 는 도착점. 가다가 끝이 나면 거기가 도착점이 되는 여행. 단 하나 살가운 동행이었던 배우자에 대한 회상마저도 비애를 머금는다.

'몸을 우리고 마음을 끓여서 겨우 섞어진 국물을 마주 보고 마시 는/ 그는 내 생의 국물이고 나는 그의 국물이었습니다'. 그 헛헛함을 바람의 손이 살며시 다가와 잡아주었으리라. 내가 옆에 있다니까.

원시

멀리 있는 것은
아름답다.
무지개나 별이나 벼랑에 피는 꽃이나
멀리 있는 것은
손에 닿을 수 없는 까닭에
아름답다.
사랑하는 사람아,
이별을 서러워하지 마라.
내 나이의 이별이란
헤어지는 일이 아니라 단지
멀어지는 일일 뿐이다.
네가 보낸 마지막 편지를 읽기 위해선
이제
돋보기가 필요한 나이,
늙는다는 것은
사랑하는 사람을 멀리 보낸다는
것이다.
머얼리서 바라다볼 줄을
안다는 것이다.

오세영

사람은 나이가 들면 늙는다. 늙는 것이 정상이다. 신체가 먼저 늙고 마음이 따라서 늙는다. 서글픈 일이다. 이것은 누구나의 필수 코스. 여기에 지혜가 필요하다. 성리학의 인의예지仁義禮智, 사덕四德을 인생과 짝지어 말할 수도 있다. 유소년기, 청년기, 장년기, 노년기. 노년기에 가져야 할 마음은 옳고 그름을 판단하여 아는 시비지심, 지혜의 마음이다. 나아갈 때를 알아서 나가고 물러설 때를 알아서 물러서는 마음. 자기가 이미 가진 것에 대해서 감사하고 만족할 줄 아는 마음도 바로 이런 마음이다.

시인은 나직한 음성으로 말한다. '늙는다는 것은/ 사랑하는 사람을 멀리 보낸다는/ 것이다.' 그렇다면, 그것이 정녕 그러하다면 노안이 되어 돋보기를 쓰게 됨도 겸허히 받아들여야 할 일. 하나의 인생의 성장 과정이다.

해 지는 쪽으로

해 지는 쪽으로 가고 싶다
들판에 꽃잎은 시들고.

나마저 없는 저쪽 산마루
나는 사라진다
저 광활한 우주 속으로.

박정만

박정만 시인. 조숙한 시인. 사회적인 일로 불행을 당해 끝내 생애를 제대로 마무리하지 못한 시인. 42세. 억울함과 안타까움이 없지 않을 수 없다. 시인은 생애 말기에 술로 연명했고 명정酩酊 속에서도 시를 놓지 않았다. 기적적으로 많은 시작품이 뒤에 남았다.

이 시는 시인이 세상을 뜨기 전에 쓴 작품. 유언시이기도 하고 세상을 하직하는 사세시辭世詩이기도 하다. 그것이 88서울올림픽 폐막식이 있던 날 저녁이었다 한다. 화려한 불꽃놀이와 세계인의 환호와 아무도 돌보지 않는 가운데 홀로 세상을 하직하는 한 사람의 시인.

인생은 어차피 혼자 왔다가 혼자 가는 길이다. 누구도 죽음의 순간만은 같이 해줄 수도 없고 동행도 불가능하다. 사라지긴 해도 광활한 우주가 받아줬으면 되는 일이다. 그에게 분명 자유와 평화와 고요와 목숨의 향기로움이 있었을 것이다. 안녕, 박정만! 살아서 만나지 못한 시인에게 손을 들어 인사를 청한다.

완생

그렇게 좋아하시던 홍시를 떠 넣어 드려도
게간장을 떠 넣어 드려도
가만히 고개 가로저으실 뿐,

그렇게 며칠,
또 며칠,

어린아이 네댓이면 들 수 있을 만큼
비우고 비워 내시더니
구십 생애를 비로소 내려놓으셨다.

윤효

90세까지 사신 어머니, 세상 뜨시는 과정을 담담하게 그렸다. 임종을 앞두고 며칠, 당신이 그렇게 좋아하시던 음식을 드려도 마다하시던 어머니. 오히려 당신의 몸에 지닌 것들을 모두 비워 내고는 임종의 순간을 맞으신 어머니.

마치 나비의 우화羽化를 보는 듯하다. 날개를 달고 허공 속으로 자유자재로 날아가는 나비. 육체를 벗어나서 영원의 하늘 속으로 날아가는 인간의 영혼. 이러한 죽음은 부처의 죽음이라 할 만하다. 그래서 시인은 당신 모친의 임종을 '완생完生'이라 특별히 이름 지었다.

아내와 나 사이

아내는 76이고
나는 80입니다.
지금은 아침저녁으로 어깨를 나란히 하고
걸어가지만 속으로 다투기도 많이 다툰 사이입니다.
요즘은 망각을 경쟁하듯 합니다.
나는 창문을 열러 갔다가
창문 앞에 우두커니 서 있고
아내는 냉장고 문을 열고서 우두커니 서 있습니다.
누구 기억이 일찍 돌아오나 기다리는 것입니다.
그러나 기억은 서서히 우리 둘을 떠나고
마지막에는 내가 그의 남편인 줄 모르고
그가 내 아내인 줄 모르는 날도 올 것입니다.
서로 모르는 사이가
서로 알아가며 살다가
다시 모르는 사이로 돌아가는 세월
그것을 무엇이라 하겠습니까
인생?
철학?
종교?

우린 너무 먼 데서 살았습니다.

이생진

<hr>

마음이 아프다. 슬프다. 당황이 된다. 서로가 서로를 잊어간다는
것. 드디어 자기 자신까지 잊어버린다는 것. 동병상련同病相憐이다.
나도 자꾸만 요즘엔 어딘가에 가서 물건을 잊고 오고 생각을 잊고
더러는 바깥 약속도 잊는다. 당황스럽다. 허둥댄다. 나만 그런 게
아니고 아내도 그렇다. 딱 이 시가 우리 부부의 삶의 모습. 앞으로
다가올 날의 예언서 그대로다.

어느 무신론자의 기도 1

하나님
당신의 재단에
꽃 한 송이 바친 적이 없으니
절 기억하지 못하실 겁니다

그러나 하나님
모든 사람이 잠든 깊은 밤에는
당신의 낮은 숨소리를 듣습니다.
그리고 너무 적적할 때 아주 가끔
당신 앞에 무릎을 꿇고 기도를 드립니다

하나님
어떻게 저 많은 별들을 만드셨습니까
그리고 처음 바다에 물고기들을 놓아
헤엄치게 하셨을 때
저 은빛 날개를 만들어
새들이 일제히 날아오를 때
하나님도 손뼉을 치셨습니까

아, 정말로 하나님
빛이 있어라 하시니 거기 빛이 있더이까

사람들은 지금 시를 쓰기 위해서
발톱처럼 무딘 가슴을 찢고
코피처럼 진한 눈물을 흘리고 있나이다

모래알만 한 별이라도 좋으니
제 손으로 만들 수 있는 힘을 주소서
아닙니다 하늘의 별이 아니라
깜깜한 가슴속 밤하늘에 떠다닐
반딧불만 한 빛 한 점이면 족합니다

좀 더 가까이 가도 되겠습니까
당신의 발끝을 가린 성스러운 옷자락을
때 묻은 손으로 조금 만져 봐도 되겠습니까

아 그리고 그것으로 저 무지한 사람들의
가슴속을 풍금처럼 울리게 하는

아름다운 시 한 줄을 쓸 수 있도록
허락해 주시겠습니까

하나님

이어령

이어령이란 이름에 대해선 두 번 말할 필요도 없다. 우선은 문학평론가. 에세이스트. 소설가. 문화행정가. 잡지 편집인. 그리고 시인. 또 무슨 무슨 역할을 더 적어야 하나. 종합선물세트 같은 분이다. 이분이 시집을 냈다. 놀라운 일이다.『어느 무신론자의 기도』.

위의 시는 시집의 표제가 된 작품. '무신론자'라 했지만 이미 무신론자가 아니다. 통상 '하느님'이라고 부르면 기독교 신자가 아닌 사람이 '하늘에 계신 분'을 부르는 말이고 '하나님'이라고 부르면 이미 기독교 신자인 사람이 하느님을 부르는 말이다. 그러므로 이 시인은 이미 기독교 신자이며 무신론자가 아니다. 과거 무신론자였다는 하나의 고백이다.

절절한 기도문이다. 반짝이는 기도문이다. 아이 같이 호기심 많은 기도문이다. 분명 하나님도 그런 기도를 들으시고는 빙그레 웃으셨을 것이다. 그래 그래 내가 안다. 오래전부터 내가 너를 알고 있었고 네가 나를 인정하고 선택하기 전부터 나는 너를 인정하고 선택했단다. 너의 영광이 나의 영광이고 너의 슬픔이 나의 슬픔이란다. 역시 고마우신 하나님이다.

아득한 성자

하루라는 오늘
오늘이라는 이 하루에

뜨는 해도 다 보고
지는 해도 다 보았다고

더 이상 더 볼 것 없다고
알 까고 죽는 하루살이 떼

죽을 때가 지났는데도
나는 살아 있지만
그 어느 날 그 하루도 산 것 같지 않고 보면

천년을 산다고 해도
성자는
아득한 하루살이 떼

조오현

그냥 보면 자유시처럼 읽히지만 좀 주의하여 들여다보면 시조시다. 그것도 스님으로 살다 간 분의 시조시. 정형인 시조시를 이렇게 자유시처럼 편안하게 쓰기가 여간 어려운 것이 아니다. 우리말 어법의 달인이 아니면 가능한 일이 아니다.

생전에 스님을 만나거나 스님으로부터 혜택을 받은 문단 인사나 사회 인사가 많을 것이다. 나도 그런 사람 가운데 하나. 눈매가 매서웠고 이쪽 마음을 꿰뚫어 보는 듯 예사롭지 않은 분이었다.

시의 문장도 그러하다. 성聖과 속俗을 하나로 보았다. 심지어 하루살이 떼를 성자로 보기까지 했다. 우주의 철리哲理를 관통한 사람만이 지닐 수 있는 정신의 시력이다. 스님 신분이었지만 이 한 편의 시로서 스님은 당당한 이 땅의 시인으로 남는다.

아버지와 인도

아버지는 내가 인도에 가 있는 줄 아신다.

만 리 서역 천산남로를 따라

집을 떠나기 앞서 아버지께 말씀 올렸다.

아버지 제가 인도에 다녀오겠습니다. 라고

하지만 돌아와서 돌아왔다는 말씀을 못 드렸다.

그리고 그사이

아버지께서는 홀연히 육신의 탈을 벗으셨다.

큰절을 올렸으나 침묵이셨다.

죽어서 더욱 살아 움직이는 강가강 새벽 연기처럼

향불은 살아 죽어 있는 방안을 흔들어 깨웠는데

아버지는 아들의 인도를

눈동자에 담고 잠드셨을까?

그곳은 멀지 하시던

인도, 오 아버지!

최명길

한 시절 강원도 속초지방에 두 사람의 시인이 살고 있었다. 이성선 과 최명길. 그들은 단짝이었고 평생을 시를 논하며 살았다. 서로 의지했고 그럴 수 없이 의초로웠다. 두 시인 모두 산을 좋아하고 여행을 좋아했다. 나의 친구이기도 했다.

여러 차례 최명길 시인으로부터 산의 이야기, 여행 이야기를 들었 다. 백두대간을 종주했다고 했고 인도 여행, 히말라야 여행도 몇 차례 감행했다고 했다. 시인이면서 그는 산사람이기도 했다.

내 기억으로는 히말라야 여행 떠났을 때 시인의 아버지가 세상을 떠난 줄로만 알았는데 시를 읽어보니 그 여행은 인도 여행이었고, 인도 여행 다녀와서 아버지께 귀국 인사로 절을 드렸는데 누워계 신 아버지가 아들을 알아보지 못하셨다는 거다.

아들은 집으로 돌아왔지만 아들이 아직도 인도 어디쯤 있을 거라 는 기억만으로 세상을 떠나신 아버지. '그곳은 멀지' 하고 물으시 는 시인의 아버지는 매우 인자하신 아버지이고 시인은 또 효심 깊 은 아들이었던가 보다. 아들은 또 마음속으로 아버지에게 말씀을 드린다. '아버지는 아들의 인도를/ 눈동자에 담고 잠드셨을까?'

평창 동계올림픽을 기념한 한중일 국제시인대회 자리였을 것이다. 거기서 우연히 시인의 아들인 최선범 씨를 만난 일이 있다. 시인의 아들은 많은 시인들 가운데 자기의 아버지만 보이지 않는다고 울 먹이며 말하고 있었다. 부전자전, 그 역시 효심 깊은 아들이었다.

역

푸른 불 시그널이 꿈처럼 어리는
거기 조그마한 역이 있다

빈 대합실에는
의지할 의자 하나 없고

이따금
급행열차가 어지럽게 경적을 울리며
지나간다

눈이 오고
비가 오고……

아득한 선로線路 위에
없는 듯 있는 듯
거기 조그만 역처럼 내가 있다.

한성기

지나고 보면 시인은 인격으로도 남지만 더 많이는 시로서 남는다. 몇 줄의 문장으로 남는다는 말이다. 참 무서운 일이다. 인간은 살아서만 인간이 아니고 죽어서도 인간이다. 그래서 정말로 인간이 인간이다. 이것을 믿어야 한다.

한성기 시인. 북한 분이다. 일제 강점기 함흥사범학교를 졸업했으니까 함경도 어디쯤이 고향이었을 것이다. 키가 큰 남정네였다. 성격도 걸걸했다. 그런데도 문장만은 세심했다. 천성적으로 시인이었던 것이다. 오로지 시인으로만 살았다. 오늘의 독자들은 잊었지만 마음 깊은 시들을 많이 썼다.

이 시는 시인의 대표작이자 등단작. 초라한 시골의 역사. 급행열차가 스쳐 지나가는 간이역. 함경도 고향을 오갈 때 경원선 기차를 타고 다녔을까. 실은 자화상이다. 늘 당당해 보이려고 애썼지만 쓸쓸한 표정을 끝까지는 숨기지 못하던 시인의 옆얼굴이 떠오른다.

급행열차 한 대가 경적을 울리며 빠르게 지나간다. 세월은 그렇게 인간을 남겨두고 어디론가 사라진다. 아니다. 인간을 데리고 사라진다. 세월이 가고 인생도 흘러간 자리, 시만 남는다. 시라도 남았으니 다행이다.

모란 동백

모란은 벌써 지고 없는데
먼 산에 뻐꾸기 울면
상냥한 얼굴 모란 아가씨
꿈속에 찾아오네
세상은 바람 불고 고달파라

나 어느 변방에
떠돌다 떠돌다 어느 나무 그늘에
고요히 고요히 잠든다 해도
또 한 번 모란이 필 때까지
나를 잊지 말아요

동백은 벌써 지고 없는데
들녘에 눈이 내리면
상냥한 얼굴 동백 아가씨
꿈속에 웃고 오네
세상은 바람 불고 덧없어라

나 어느 바다에

떠돌다 떠돌다 어느 모래 벌에
외로이 외로이 잠든다 해도
또 한 번 동백이 필 때까지
나를 잊지 말아요.

이제하

원제목은 「김영랑, 조두남, 모란, 동백」. 노래의 가사로 지어진 시다.
이 노래는 1998년 시인이 회갑 나이가 되었을 때, 기념으로 낸 시
집 『빈 들판』의 부록으로 발매된 음반에 수록된 곡이다. 이제하
시인이 직접 작사, 작곡, 노래한 것으로 유명하다. 뒤에 가수 조영
남이 리메이크할 때 '모란 동백'으로 곡의 이름이 바뀌었다.

존경하고 좋아하는 김영랑 시인과 조두남 작곡가를 기념해 오마
주의 뜻을 담아 이 시를 지었다 한다. 인생의 고달픔과 허무와 종
말을 말하고 있다. 심각하고 우울한 주제인데도 짐짓 가볍게 심상
尋常하게 흘러간다. 산들바람이 불어가다 멈추다 그러는 것처럼. 저
경쾌한 우울, 가벼운 인생의 잠적. 아름답다. 눈부시다.

시인은 본래 대학에서 서양화를 전공한 화가. 그다음은 시인이며
소설가. 그리고 때로는 작곡가 겸 가수. 종합 예술가 따로 없다.

오산 인터체인지
— 고향으로 가는 길

자, 그럼
하는 손을 짙은 안개가 잡는다.
넌 남으로 천 리
난 동으로 사십 리
산을 넘는
저수지 마을
삭지 않는 시간, 삭은 산천을 돈다.
등燈은, 덴막의 여인처럼
푸른 눈 긴 다리
안개 속에 초초히
떨어져 서 있고
허허들판
작별을 하면
말도 무용해진다.
어느새 이곳
자, 그럼
넌 남으로 천 리
난 동으로 사십 리.

조병화

평생을 멋과 사랑과 시와 함께 살았던 편운片雲 조병화 시인. 그 자신이 멋이었고 사랑이었고 시였던 시인. 시인의 말년 작품이다. '오산 인터체인지'는 서울에서 시인의 고향 안성시 양성면 난실리로 접어드는 길목. 길 위에서 인생을 보았고 인생 위에서 만남과 헤어짐, 허무를 만났다. '자, 그럼/ 하는 손을 짙은 안개가 잡는다/ 넌 남으로 천 리/ 난 동으로 사십 리'. 지상을 떠나간 시인은 지금 어느 별자리를 흐르고 있을까? 우리도 언젠가는 그런 별자리를 스쳐서 가는 아득한 존재가 될 것이다.

좋은 약

큰 병 얻어 중환자실에 널부러져 있을 때
아버지 절룩거리는 두 다리로
지팡이 짚고 어렵사리 면회 오시어
한 말씀, 하시었다

애야, 너는 어려서부터
몸은 약했지만 독한 아이였다
네 독한 마음으로 부디 병을
이기고 나오너라
세상은 아직도 징글징글하도록
좋은 곳이란다

아버지 말씀이 약이 되었다
두 번째 말씀이 더욱
좋은 약이 되었다.

나태주

나의 시다. 2007년 죽을병을 앓을 때. 지금도 그 시기의 이야기를 하려고 하면 긴장이 되는데 이것은 중환자실에 있을 때의 일을 쓴 글이다. 아무도 내가 살지 못한다 했다. 사흘을 넘기기 어려우니 장례 준비를 하라고 할 때다. 그때 아버지가 중환자실로 면회를 오셨다.

연로한 분이라 다리를 절며 지팡이를 짚고 오셨다. 경험이 많은 분이라 아들을 보고는 아, 이 아이가 죽겠구나 직감하셨을 것이다. 그래도 무언가 도움되는 말을 하려고 하셨다. 그런 상황에서 나온 말씀이 바로 시의 중간 대목에 있는 내용이다.

'애야, 너는 어려서부터/ 몸은 약했지만 독한 아이였다/ 네 독한 마음으로 부디 병을/ 이기고 나오너라/ 세상은 아직도 징글징글하도록/ 좋은 곳이란다'. 여기서 보면 이상한 표현이 눈에 뜨인다. '세상은 아직도 징글징글하도록/ 좋은 곳이란다' 그 부분이다.

'징글징글'이란 단어는 부정적인 상황이나 대상에 사용하는 부사어다. 그런데 전혀 다른, 좋은 쪽 희망적인 쪽에 사용했다. 나중에 이 글을 읽고 김남조 선생은 이런 말을 들려준 나의 아버지가 오히려 시인이라고 말씀하기도 했다.

묘비명

많이 보고 싶겠지만
조금만 참자.

나태주

우연한 기회에 예능 방송인 유재석 씨와 조세호 씨가 공동 진행하
는 '유 퀴즈 온 더 블록'이란 방송국 프로그램에 출연했다. 실상 나
는 이 프로그램을 한 번도 본 일이 없는 사람인데 얼떨결에 나갔고
나중에 알고 보니 젊은 사람들이 아주 좋아하는 프로그램이었다.
한마디로 두 젊은 엠씨와 나눈 시간이 내내 즐겁고 유익했다. 나
자신 마음 놓고 많이 웃어서 좋았다. 방송 녹화 중에 나의 묘비명
에 대한 이야기가 나왔다. '묘비명'이란 서양 사람들이 묘지의 돌비
에 새기는 짧은 문장. 영어로는 에피타프Epitaph. 죽은 사람의 인생
전반을 상징하거나 대변해준다.
내가 나의 묘비명에 관심을 가졌던 건 2007년 죽을병에 걸려 투병
을 호되게 했던 것과 관계가 깊다. 처음에 나는 「풀꽃」 시를 나의
묘비명으로 하려고 했다. 그러나 그 시를 〈세상에서 가장 아름다
운 이별〉이란 영화에서 가져다 사용하여 새롭게 써야지 하고 쓴 것

이 바로 이 작품이다.

나는 평생 누군가 '보고 싶은 마음' 때문에 마음고생을 많이 하면서 산 사람이다. 인생의 문제가 '보고 싶음'에 있었던 것이다. 나중에 죽은 다음 이 문장이 나의 묘비에 새겨질지는 모르는 일이지만 만약 그렇다면 이 문장의 의도는 이러하다.

'아들아. 딸아. 너 여기 왜 왔니? 나 보고 싶어서 왔지? 그렇지만 조금만 참고 기다려라. 너도 결국은 나처럼 죽을 것이다.' 그러니 어쩌란 말인가? 그다음 숨겨놓은 말은 이러하다. '그래 너도 분명 죽을 목숨이니 하루하루 최선을 다해서 열심히 살고 착하게 살고 남에게 베풀며 살아라.' 결국은 로마 시대 사람들이 말했다는 메멘토 모리memento mori, '죽음을 기억하라' 바로 그 말을 바꾸어서 한 말이다.

떠나는 그대

조금만 더 늦게 떠나 준다면

그대 떠난 뒤에도 내 그대를

사랑하기에 아직 늦지 않으리

그대 떠나는 곳

내 먼저 떠나가서

그대의 뒷모습에 깔리는

노을이 되리니

4

다시 찬란한 기쁨의
봄이 오리니

밟을 뻔했다

코로나바이러스로 오래 칩콕하다

마스크 쓰고 산책 나갔다.

마을버스 종점 부근 벚나무들은

어느샌가 마지막 꽃잎들을 날리고 있고

개나리와 진달래는 색이 한참 바래 있었다.

그리고 아니 벌써 라일락!

꽃나무들에 눈 주며 걷다

밟을 뻔했다.

하나는 노랑 하나는 연분홍, 쬐그만 풀꽃 둘이

시멘트 블록 터진 틈 비집고 나와

산들산들 피어 있었다.

둘 다 낯이 익다.

노랑은 민들레, 그리고 연분홍은 무슨 꽃?

세상 사는 일이 대개 그렇듯

하나는 알고 하나는 모른다.

알든 모르든 둘 다 간질간질 예쁘다.

어쩌다 지구 사람들은 모두 마스크로 얼굴 가리고

서로서로 거리 두는 괴물이 되더라도

아는 풀 모르는 풀 함께 터진 틈 비집고 나와

거리 두지 않고 꽃 피우는 지구는 역시 살고픈 곳!
그 지구의 얼굴을 밟을 뻔했다.

황동규

'마지막 시집이라고 쓰려다 만다'고 서문에 쓴 『오늘 하루만이라
도』란 시집에 들어있는 시편 가운데 한 편. 절창이다. 우렁차고 특
별해서 절창이 아니라 그 반대라서 절창인 절창이다. 마음이 가다
가 턱 하니 멈춰 움직이지를 않는다. 노년에 이르러 아주 작은 사
물에 머무는 저 부드럽고도 깊고도 웅숭깊은 시선을 보시라. 우리
도 덩달아 부드러워지고 겸손해지고 나직해진다.
다시 하는 말이지만 결코 큰 것이 아니다. 먼 것도 아니다. 우리 주
변에 이미 우리와 함께 있는 것 가운데 가장 소중한 것이 있고 가
장 아름다운 것이 있었던 것이다. 이것을 발견해낸 시인이기에 혼
자라도 이제는 외롭지 않고 좀 불편한 몸이라 해도 평화로운 마음
을 놓지 않을 것이다. '그 지구의 얼굴을 밟을 뻔했다' 시인의 유레
카에 조심스럽게 고개를 끄덕이며 시인의 얼굴을 바라본다. 시인
의 미소가 우리의 것으로 옮겨오는 순간이다.

나 하나 꽃 피어

나 하나 꽃 피어
풀밭이 달라지겠느냐고
말하지 말아라.
네가 꽃 피고 나도 꽃 피면
결국 풀밭이 온통
꽃밭이 되는 것 아니겠느냐.

나 하나 물들어
산이 달라지겠느냐고도
말하지 말아라.
내가 물들고 너도 물들면
결국 온 산이 활활
타오르는 것 아니겠느냐.

조동화

조용한 타이름, 어진 권고다. 너 한 사람이 결코 작은 존재가 아니라고 가르치고 있다. 네가 꽃 한 송이를 피우면 세상 전체를 밝히게 되는 것이라고 말하고 있다. 하나의 응원이고 사심 없는 위로와 축복이 함께 한다. 젊은 날에 이런 시를 읽고 아예 외워둔다면 좋겠다. 힘든 일이 생길 때마다 이런 시의 문장이 저절로 생각나서 그 사람에게 보이지 않는 힘을 보태줄 것을 믿는 까닭이다.

섬

사람들 사이에 섬이 있다
그 섬에 가고 싶다.

정현종

딱 두 줄의 문장이다. 그것도 단순하고 검박한 표현의 문장이다.
이렇게 짧아도 시가 되나? 그렇게 묻지 마시라. 본래 시는 짧을수
록 좋은 문학 형식이 아니겠나. 흔히 하는 말처럼 일침一鍼 이구二灸
삼약三藥이란 한방 요법에서 첫 번째 일침에 해당되는 것이 시이다.
말하자면 급박한 환자가 있을 때 급소를 쳐서 생명을 회생시키는
방법이다. 촌철살인寸鐵殺人이란 말도 이 어름의 말이다.
그러할 때 이러한 시는 마치 경구와 같이 우리들 마음을 치고 들
어오면서 정신을 흔들어준다. 졸고 있을 때가 아니야. 정신 차려라.
딱 두 줄의 문장. '섬'이란 제목을 감안하면서 우선은 바닷가에서
어느 날 바라본 두 개의 섬을 떠올려도 좋겠고 두 인간 사이의 인
간관계, 그 고독과 우울과 그리움을 사무치게 가슴에 안아봐도 좋
을 일이다.

외할머니

시방도 기다리고 계실 것이다,
외할머니는.

손자들이
오나 오나 해서
흰옷 입고 흰 버선 신고

조마조마
고목나무 아래
오두막집에서.

손자들이 오면 주려고
물렁감도 따다 놓으시고
상수리묵도 쑤어 두시고

오나 오나 혹시나 해서
고갯마루에 올라
들길을 보며.

조마조마 혼자서

기다리고 계실 것이다,

시방도 언덕에 서서만 계실 것이다,

흰옷 입은 외할머니는.

나태주

생각해 보면 아득한 기억. 나의 어린 시절. 부모님을 떠나 외할머니
랑 살았다. 외할머니는 38세에 혼자되신 분. 나의 나이는 그때 4세.
누가 보면 모자지간이라고 했다. 외할머니는 어린 나를 키워주시
는 낙으로 청춘 시절의 후반부를 희생하셨다. 그렇게 10여 년. 외
갓집을 떠나 본가로 돌아갔는데도 외할머니가 마냥 그리웠다. 그
래서 틈만 나면 외갓집에 갔다. 가끔 찾아오는 외손자를 기다려 외
할머니는 살고 계시던 오두막집 뒤에 있는 언덕 위에 올라, 멀리 들
길을 바라보고 계시곤 했다. 평생을 그렇게 쪽을 진 머리, 하얀 무
명 치마저고리, 고무신 차림으로. 넋 없이. 마냥 그 자리.

율리의 초상

의사의 딸 율리.
여학교 때 반장을 하던 단발머리
촉촉하게 젖는 오월의 밤이슬이
외로울 때 맺히곤 했다.
내 싱거운 이야기에 곧잘 웃고
내 비겁한 이야기에도 곧잘 끄덕이고
항상 눈이 흰 겨울을 살고 싶다는 율리,
네 따스한 손바닥에
내 작은 생애를 얹어 보고 싶었다.
때때로 술에 취하면 화가 나서
난폭하게 편지를 쓰고
마리안느의 사슴처럼 장밋빛의 피 흘리며
네 곁에서 죽고 싶었다.
아카시아 향내가 네 눈에서는 풍겨
안타까운 너의 꿈을 찾아간
오월의 어느 날
그날 밤 거리에는 안개가 피어올라
네 피로스런 단발머리를 빗질하며 있었다.
율리, 너는 별이 뜨는 오렌지쥬스를 마셨고

불붙는 위티를 나는 마셨다.
깊은 밤 빠알갛게 타는 불씨를 보며
네 순한 고집을 꺾어 버리고 싶었지만
그러나 율리,
떠나오는 내 여행은 언제나 비에 젖는다.
차창 밖으로 뿌려지는 산골짜기의 꽃무데기
주정을 던지고 던지는 나에겐
적막하게 웃는 율리, 네가 보였다.
어머니의 가슴에 자줏빛 카네이션을 달아드리고
돌아서 조용히 우는 내 착한 누이.
네가 지금 보인다.
저 먼 불빛이 엉그는 풀잎 사이로
걸어가는 조브장한 어깨.
주일이면 까만 성경책 위에 얼굴을 묻고
자그마한 믿음이 흔들리지 않기를
오래 기도하는 율리,
네 작은 손바닥에 가만히
낙엽 같은 내 이름을 얹어보고 싶었다.

강인한

얼마나 소년은 가슴이 뛰었을까? 얼마나 소년은 마음이 안타까웠을까? 사랑은, 그것도 처음 찾아온 사랑은 기쁜 것 같기도 하고 슬픈 것 같기도 한 마음. 형벌이기도 하고 축복과 같기도 한 것. 오랫동안, 어쩌면 평생을 두고 가슴에 화인火印처럼 남았으리라. 율리, 이름만 들어도 사랑스런 마음이 오래 거기에 산다. 누구나 소년기의 사랑은 일생 동안 그 자리에서 변하지 않는 마음으로 우리를 기다려준다.

오손도손 귓속말로

나무 위의 새들이 보았습니다.
해 질 무렵 공원은 어스름한데
할머니와 또한 그렇게 늙은 아저씨가 앉아 있었습니다.

나무 위의 새들이 들었습니다.
인생은 황혼
집은 없어도
흐르는 세월에
다정을 싣고
오손도손 그렇게 살아가자고
귓속말로 사랑한다 했습니다.

나무 위의 새들이 물었습니다.
사랑이란 그 무엇인가
그리고 또 인간이란.

임진수

이 시인의 따님을 미국에 문학 강연차 여행 가서 만났다. 이정아 씨. LA에 살며 수필을 잘 쓰는 수필가였다. 어라, 따님이라는데 왜 성이 다르지? 나는 미국 사람은 결혼한 여자가 남편의 성을 따른 다는 걸 잠시 잊고 그렇게 생각한 적이 있다.

임진수 시인. 자기 아버지를 안다고 그러니까 이정아 수필가는 지극정성으로 나에게 잘해주었다. 이쪽에서 미안할 정도로. 귀국하여 서가를 뒤져보니 임진수 시인의 시집이 한 권 있었다. 『아이들과 와라와라』. 내가 지니고 있는 것보다 따님이 보관하는 편이 더 좋을 듯싶어 다음에 만나는 기회에 따님에게 드렸다.

그리고서 학창시절에 만든 스크랩북을 뒤지다가 신문에 실렸던 임진수 시인의 시 한 편을 찾았다. 그것도 꺼내어 따님에게 드렸다. 단 한 권 나왔던 시집에도 실려있지 않았던 시편이다.

'오손도손' 좋은 말이다. '귓속말' 다정한 말이다. 이제는 늙은 사람이 되었지만 해 질 무렵, 공원의 어스름 속에 마주 앉아 오손도손 이야기를 나누는 풍경은 바라보는 것만으로 생각만으로도 가슴이 따뜻해진다. 사랑이 무엇이고 인생이 무엇인지 굳이 따질 일이 아니다.

뼈저린 꿈에서만

그리라 하면
그리겠습니다.
개울물에 어리는 풀포기 하나
개울 속에 빛나는 돌맹이 하나
그렇습니다 고향의 것이라면
무엇 하나도 빠뜨리지 않고
지금도 똑똑하게 틀리는 일 없이
얼마든지 그리겠습니다.

말을 하라면
말하겠습니다.
우물가에 늘어선 미루나무는 여섯 그루
우물 속에 노니는 큰 붕어도 여섯 마리
그렇습니다 고향의 일이라면
무엇 하나 빠뜨리지 않고
지금도 생생하게 틀리는 일 없이
얼마든지 말하겠습니다.

마당 끝 큰 홰나무 아래로

삶은 강냉이 한 바가지 드시고
나를 찾으시던 어머님의 모습
가만히 옮기시던
그 발걸음 하나하나
나는 지금도 말하고 그릴 수가 있습니다.

그러나 아무리 애써도 한 가지만은
그러나 아무리 몸부림쳐도 그것만은
내가 그리질 못하고 말도 못합니다.
강이 산으로 변하길 두 번
산이 강으로 변하길 두 번
그리고도 더 많이 흐른 세월이
가로 세로 파 놓은 어머님 이마의
어둡고 아픈 주름살.

어머님
꿈에 보는 어머님 주름살을
말로 하려면 목이 먼저 메이고
어머님

꿈에 보는 어머님 주름살을
그림으로 그리라면 눈앞이 먼저 흐려집니다.
아아 이십육 년
뼈저린 꿈에서만 뵈시는 어머님이시여.

전봉건

―――――

전봉건 시인의 후기 시편 가운데 한 편이다. 전봉건 시인도 젊은
시절엔 모더니즘 계열의 시를 쓴 시인이다. 나이가 들면서 인생론
적인 시로 기울다가 노년에는 아예 주정주의적인 시들을 썼다.
사람이란 어쩔 수 없는 일인가 보다. 나이에 따라 시도 달라지나
보다. 고향 앞에 부모님 생각 앞에서 시인은 무너진다. 어린애가 되
고 철부지가 되고 촉촉한 마음으로 돌아간다. 전봉건 시인은 말년
에 고향을 그리는 시를 많이 썼다. 피난 올 때 두고 온 북쪽의 고
향이다.
우리가 읽고 있는 이 시도 고향을 그리는 시편 가운데 하나다. 어머
니를 부르며 애태워 과거를 회상하면서 오늘의 소망을 말하고 있
다. 아무리 손을 내저어도 잡히지 않는 고향. 찾아갈 길조차 막혀
버린 고향. 이산離散의 슬픔. 이보다 더한 답답함이 또 어디 있을까.

오월 소식

오동나무 꽃으로 불 밝힌 이곳 첫여름이 그립지 아니한가?
어린 나그네 꿈이 시시로 파랑새가 되어오려니.
나무 밑으로 가나 책상 턱에 이마를 고일 때나,
네가 남기고 간 기억만이 소곤소곤거리는구나.

모처럼만에 날아온 소식에 반가운 마음이 울렁거리어
가여운 글자마다 먼 황해가 남실거리나니.

……나는 갈매기 같은 종선을 한창 치달리고 있다……

쾌활한 오월 넥타이가 내처 난데없는 순풍이 되어,
하늘과 딱 닿은 푸른 물결 위에 솟은,
외딴 섬 로맨틱을 찾아갈까나.

일본 말과 아라비아 글씨를 가르치러 간
쬐그만 이 페스탈로치야, 꾀꼬리 같은 선생님이야,
날마다 밤마다 섬 둘레가 근심스런 풍랑에 씹히는가 하노니,
은은히 밀려오는 듯 머얼리 우는 오르간 소리……

정지용

개인적으로 내가 가장 좋아한 정지용 시인의 작품은 「오월 소식」 이란 작품이다. 아마도 그건 나의 직업과 관계가 있겠지 싶다. 나는 평생 초등학교 교사의 일을 하며 산 사람이다. 때로는 지루하고 따분했지만 어쩔 수 없이 그 자리에 머물러 살았다.

밥벌이가 필요했던 거다. 구차한 변명이겠지만 나는 교직은 직업이고 시인은 본업이라고 우기며 살았다. 그런 내가 정지용 시인의 시 「오월 소식」을 읽었을 때 가슴이 확 밝아지는 느낌이 있었다. 아, 이 시에 초등학교 여선생님 이야기가 나오는구나. 오르간 소리도 들어있구나.

시의 내용으로 보아 섬마을 학교로 가서 아이들을 가르치려는 여자 선생님이다. 시대는 일본 식민지 시대. '일본 말과 아라비아 글씨를 가르치러 간'과 같은 구절에서 확인이 된다. 실지로 시인에게는 초등학교 선생님 일을 하는 집안 여동생이 있었고 시인은 또 그 여동생을 매우 사랑했다고 전한다.

답답한 세상, 우울한 세상, 가끔은 배를 타고 황해바다(서해바다) 멀리 로맨틱이 기다리는 섬으로 여행이라도 떠나볼 일이다. 시를 읽으면서 말이다.

옹기전에서

나는 왠지 잘 빚어진 항아리보다
좀 실수를 한 듯한 것이 마음에 들었다
아내를 따라와 옹기를 고르면서
늘 느끼는 일이지만
몸소 질그릇을 굽는다는
옹기전 주인의 모습에도
어딘가 좀 빈 데가 있어
그것이 그렇게 넉넉해 보였다
내가 골라 놓은 질그릇을 보고
아내는 곧장 화를 내지만
뒷전을 돌아보면
그가 그냥 투박하게 웃고 있다
가끔 생각해보곤 하는데
나는 어딘가 좀 모자라는 놈인가 싶다
질그릇 하나를 고르는 데도
실수한 것보다는
실패한 것을 택하니

정희성

'인간적'이란 말이 있다. 무엇을 가리켜, 어떤 사람을 일러, 인간적이라 할까? 아무래도 빡빡하고 계산속이 빠르고 영악하고 깍쟁이 같은 사람보다는 조금은 어리숙하고 편안하고 상대방에게 양보할 줄 아는 사람을 일러 인간적이라고 말하지 않을까 싶다.

시인이 지금 바라보는 세상, 원하는 세상은 지극히 인간적인 세상이고 인간적인 사람이다. 그 대상을 시인은 지금 아내를 따라서 간 시장통 옹기전 항아리를 보면서 확인한다. 번듯하게 잘 구워진 항아리보다는 조금쯤 흠결이 있는 항아리에게서 정을 느끼는 시인.

옹기전 주인이 항아리이고 시인이 항아리이고 시인을 그런 대로 웃으면서 보아 넘겨주는 시인의 아내가 항아리다. 그들을 모두 합하면 이 세상 전체가 항아리, 평화로운 세상이다. 어딘가 부족하고 어리숙한 것들을 사랑하는 마음이 이 세상을 진정으로 살갑고 깊숙하게 사랑하는 마음이다.

바다와 나비

아무도 그에게 수심水深을 일러준 일이 없기에
흰나비는 도무지 바다가 무섭지 않다.

청靑무우 밭인가 해서 내려갔다가는
어린 날개가 물결에 절어서
공주처럼 지쳐서 돌아온다.

삼월달 바다가 꽃이 피지 않아서 서거픈
나비 허리에 새파란 초생달이 시리다.

김기림

한 번도 촛불에 데어보지 않은 아기는 촛불이 꽃이거나 예쁜 과자
인 줄로만 알고 맨손으로 촛불을 잡으려고 하기도 한다. 이 시에
나오는 나비도 마찬가지다. 촛불을 잡으려고 손을 내미는 아기처
럼 바다가 얼마나 깊고 무서운 존재인지 모르고 바다로 날아갔다
가 그만 지치고 나래가 물에 젖어서 돌아온다. 나비가 바다를 청
무 밭인 줄 착각했다니, 시인의 상상력이 오히려 귀엽다.

아무도 모르라고

떡갈나무 숲속에서 졸졸졸 흐르는
아무도 모르는 샘물이길래
아무도 모르라고 도로 덮고 내려오지요,
나 혼자 마시곤 아무도 모르라고
도로 덮고 내려오는 이 기쁨이여.

김동환

김동환 시인에겐 작곡되어 노래 불리는 시가 여러 편이다. 「산 너머 남촌에는」, 「봄이 오면」, 「강이 풀리면」 등. 이 시도 가곡으로 작곡된 작품이다. 어린 마음. 설레는 마음. 산에 올랐다가 떡갈나무 숲속에 졸졸졸 소리 내며 흐르는 샘물 하나를 발견하고는 혼자서 기뻐하는 천진한 마음이 그대로 들어있다. 우리는 한 시절 모두가 그렇게 순결한 마음의 소유자이기도 했었다. 시를 읽으면서 어느새 그 시절의 아이로 돌아간다.

무지개

아이가 걸어간다
혼자서
어여쁜 꽃신도 함께 간다

이 세상에서 때 묻지 않은 죽음이여
너는 다시 무지개의 칠색七色으로 살아나는가

아이가 걸어간다
아이가

한밤중 불 같은 머릿속 다 헹구고
간밤의 비바람 폭풍우 다 데리고

오늘은 다소곳이 걸어간다
눈물도 꽃송이도 다 데리고 걸어간다

아가야
네가 남긴 환한 미소
내 가슴에 남겨준 영롱한 기쁨

그런 것 모두 다 한데 모아

오늘은 비 개이고 맑은 언덕
아이가 걸어간다
혼자서
하늘나라로 하늘나라로
무죄의 층계를 밟아 오른다

김명수

무지개. 어린 시절 무지개가 하늘로 이어지는 다리라고 생각했던 시절이 있었다. 선녀님이 그 다리를 타고 지상으로 내려오기도 한다고 믿던 시절이 있었다. 어쩌면 우리들 가슴이 그대로 무지개였었는지도 모르는 일. 시인은 무지개를 통하여 일찍 세상을 떠난 한 아기의 모습을 본다. 무지개란 그렇게 순수하고 아프고 아름다운 그 무엇! 아무런 죄도 만들지 않고 세상을 떠난 한 아기가 다시금 세상으로 돌아오기도 하고 다시 하늘로 오르기도 하는 일곱 빛깔 아롱진 세상이여.

봉선화

비 오자 장독간에 봉선화 반만 벌어
해마다 피는 꽃을 나만 두고 볼 것인가
세세한 사연을 적어 누님께로 보내자.

누님이 편지 보며 하마 울까 웃으실까
눈앞에 삼삼이는 고향집을 그리시고
손톱에 꽃물 들이던 그 날 생각하시리.

양지에 마주 앉아 실로 찬찬 매어주던
하얀 손가락 가락이 연붉은 그 손톱을
지금은 꿈속에 보듯 힘줄만이 서누나.

김상옥

모르겠다. 지금도 초등학교 국어과 교과서에 이 시가 나오는지? 내가 초등학교 다닐 때에도 국어과 교과서에 이 시가 나왔는데 나중에 초등학교 교사가 되어 아이들을 가르칠 때에도 이 시가 나와 있었다. 불후不朽, 썩지 않는 나무처럼 그 자리에 남아 있었다. 작품이 명편이기도 하지만 그 마음이 불후였기 때문일 것이다.

누나. 손위 여자 형제. 살갑고 예쁘고 나한테 좋은 여자. 언제나 내 말을 잘 들어주고 나를 보살펴주는 여자. 때로는 엄마를 대신해서 내 편이 되어주는 여자. 그러나 나에게는 누나가 없었다. 그래서 누나 있는 아이들이 부러웠다. 처음 이 시를 읽었을 때부터 나의 마음속에는 세상에는 없는 누나가 하나 생겨 지금까지도 밖으로 나가지 않고 살고 있다. 옛 모습 그대로 어리디어린 여자아이 그대로.

엄마야 누나야

엄마야 누나야 강변 살자
뜰에는 반짝이는 금모래빛
뒷문 밖에는 갈잎의 노래
엄마야 누나야 강변 살자

김소월

―――――――

노래로 작곡되어 많은 사람들에게 사랑받고 있는 시. 한국인이면
거의 모르는 사람이 없을 정도로 많이 알려진 시. 아름다운 세상
으로 데리고 간다. 꿈꾸는 마음을 데려다준다. 그런데 왜 이 시에
는 엄마와 누나만 있고 오빠나 아빠는 없는 걸까? 물론 이것은 시
의 화자가 남성이라는 걸 말해주는 증거이기도 하지만 그만큼 가
정에서는 여성의 비중이 크다는 걸 알려주는 것이기도 하다. 더욱
이 유년 시절엔 그러하다. 괴테가 좋은 시에 대해서 "어린이에게는
노래가 되고 청년에게는 철학이 되고 노인에게는 인생이 되는 시
다"라고 말했다고 할 때, 바로 이런 시가 거기에 해당한다고 본다.

성탄제

어두운 방안엔
빠알간 숯불이 피고,

외로이 늙으신 할머니가
애처로이 잦아드는 어린 목숨을 지키고 계시었다.

이윽고 눈 속을
아버지가 약을 가지고 돌아오시었다.

아, 아버지가 눈을 헤치고 따오신
그 붉은 산수유 열매—

나는 한 마리 어린 짐승
젊은 아버지의 서느런 옷자락에
열로 상기한 볼을 말없이 부비는 것이었다.

이따금 뒷문을 눈이 치고 있었다
그날 밤이 어쩌면 성탄제의 밤이었을지도 모른다.

어느새 나도
그때의 아버지만큼 나이를 먹었다.

옛것이라곤 거의 찾아볼 길 없는
성탄제 가까운 도시에는
이제 반가운 그 옛날의 것이 내리는데,

서러운 서른 살 나의 이마에
불현듯 아버지의 서느런 옷자락을 느끼는 것은,

눈 속에 따오신 산수유 붉은 알알이
아직도 내 혈액 속에 녹아 흐르는 까닭일까.

김종길

시는 두 부분으로 나누어진다. 앞부분이 어렸을 때의 일이고 앓고 있을 때의 추억이고 뒷부분은 현재의 일. 아이는 어려서 꺼져가는 등불처럼 애처롭게 앓고 있다. 필요한 약은 산수유 열매. 산수유 열매는 해열에 특효가 있다는 한약 재료. 그 산수유 열매를 구하러 아버지가 멀리 눈길을 헤쳐 다녀오신 것이다. 그것도 한복 두루마기 차림으로. 열에 들떠 앓고 있던 아이의 볼에 아버지의 두루마기 자락이 스친다. 서느러운 감각. 그것은 생명 감각이고 아버지에 대한 감사의 감각이기도 하다.

그런데 아이도 이제는 자라 서른 살 나이. 아버지가 자기 어렸을 때 산수유를 구해오시던 그 나이 때쯤 되었다. 살고 있는 곳은 도심 한복판. 때마침 겨울이 와 눈이 내린다. 눈을 맞으며 어렸을 때를 회상하며 아버지에 대한 고마움을 느낀다. 몇 십 년의 강물을 건너서 아버지와 아들은 그렇게 만난다. 아니, 아들의 마음속에서 만난다. 아름다운 해후다.

장편 2

조선총독부가 있을 때
청계천변 10전 균일상 밥집 문턱엔
거지 소녀가 거지 장님 어버이를
이끌고 와 서있다
주인 영감이 소리를 질렀으나
태연하였다

어린 소녀는 어버이의 생일이라고
10전짜리 두 개를 보였다.

김종삼

객관적인 사실을 담담히 기술한 문장으로만 일관했다. 그것도 단출한 세 문장. 그런데도 감정의 진폭이 거세다. 역사적인 사실에 작가의 의도를 실었기 때문이다. 차근차근 문장을 들여다보며 읽으면 알게 된다.

'조선총독부가 있을 때'→시간, 일제 식민지 시대. '청계천변 10전 균일상 밥집 문턱'→장소. '거지 소녀'와 '거지 장님 어버이'→주인공. '이끌고 와 서있다', '주인 영감이 소리를 질렀으나 태연하였다'→인물들의 행동.

여기까지는 매우 담담하다. 상황 설정은 사실적이다. 그러나 그다음을 읽으면 울컥, 해진다. 반전이 온다. '어린 소녀는 어버이의 생일이라고/ 10전짜리 두 개를 보였다.' 이 효심. 이 인간애. 감동. 감동. 한 편의 동화다. 마치 짧은 연극을 보는 듯. 그래서 시의 제목이 손바닥 장掌자를 써서 장편掌篇이다.

돌아오는 길

비비새가 혼자서
앉아 있었다.

마을에서도
숲에서도
멀리 떨어진,
논벌로 지나간
전봇줄 위에,

혼자서 동그마니
앉아 있었다.

한참을 걸어오다
뒤돌아봐도,
그때까지 혼자서
앉아 있었다.

박두진

역시 초등학교 국어과 교과서에서 읽은 작품이다. 초등학교 시절의 일은 오래 기억된다. 그만큼 충격이 강력한 것이다. 그냥 읽는 그대로가 좋았다. 시의 구성이 7·5조라든지 3음보라든지 그런 것과는 관계없이 그냥 좋았다. 시 안에 들어있는 아이가 마치 나인 것만 같았다. 그만큼 이 시는 감정이입이 강한 작품이다. 좋은 시 앞에서는 너와 내가 없다. 모든 처지와 입장을 초월하여 이웃이 되고 친구가 된다.

풀잎

풀잎은
퍽도 아름다운 이름을 가졌어요
우리가 '풀잎' 하고 그를 부를 때에는
우리들의 입속에서는 푸른 휘파람 소리가 나거든요.

바람이 부는 날의 풀잎들은
왜 저리 몸을 흔들까요
소나기가 오는 날의 풀잎들은
왜 저리 또 몸을 통통거릴까요.

그러나, 풀잎은
퍽도 아름다운 이름을 가졌어요.
우리가 '풀잎' '풀잎' 하고 자꾸 부르면
우리의 몸과 맘도 어느덧
푸른 풀잎이 돼 버리거든요.

박성룡

사랑스러운 시. 시인은 '풀잎'을 가리켜 '퍽도 아름다운 이름을 가졌다'고 썼지만 내가 보기엔 이 시를 쓴 시인의 마음이 오히려 '퍽도 순결하고 아름답고 귀여운 마음을 가졌다'고 생각한다. 그렇지 않고서는 이렇게 맑고도 어여쁜 시를 쓸 수는 없는 일. 시를 읽으면서 나도 예쁜 아이가 되어보기로 한다. 아니다. 풀잎이 되어보기도 한다. 시에는 그런 매직이 숨어 있다.

내 영원은

내 영원永遠은
물빛
라일락의
빛과 향香의 길이로라.

가다가단
후미진 구렁이 있어,
소학교 때 내 여선생님의
키만큼 한 구렁이 있어,
이쁜 여선생님의 키만큼 한 구렁이 있어,
내려가선 혼자 호젓이 앉아
이마에 솟은 땀도 들이는

물빛
라일락의
빛과 향의 길이로라
내 영원은.

서정주

처음 이 시를 알게 된 것은 고등학교 시절.《현대문학》이란 문학잡지에서였다. 화사하게 피어오르는 마음을 선사하는 작품이었다. 시의 주인공은 어른이지만 그 안에 어린아이의 마음이 들었고 초등학교 다닐 때의 추억이 오롯이 숨어 있다.

하지만 짐짓 모르겠는 구석도 없지 않았다. 특히 문장의 어미로 사용된 '—로라'라는 말. '빛과 향의 길이로라'에서의 그 부분. 이것은 실은 세상에 없는 말이 아니고 고어이고 아어체 문장의 어미로 사용되는 낱말이다. 사전 풀이는 이러하다. '—로라 「어미」 (예스러운 표현으로) 자신의 행동을 의식적으로 드러내어 나타내는 종결 어미.' 단 한 번 읽었는데 이 시는 내 마음에 들어와 영영 지지 않는 꽃이 되었다.

저녁별

서쪽 하늘에
저녁 일찍
별 하나 떴다

깜깜한 저녁이
어떻게 오나 보려고
집집마다 불이
어떻게 켜지나 보려고

자기가 저녁별인지도 모르고
저녁이 어떻게 오려나 보려고

송찬호

누군가 그랬다. 예술작품에서 가장 좋은 품성은 '간결과 소박'이라고. 그걸 온전히 갖추고 있는 작품이 이런 작품이 아닐까 싶다. 작지만 아주 큰 내용을 품었다. 우주를 품었다. 그것도 어리고 귀여운 우주다. 하늘의 별을 천진한 아이로 본 의인법이 그렇게 만들어주고 있다. 이런 시 한 편으로도 시인의 존재 이유, 세상을 받드는 공덕은 충분하다. 굳이 이런 좋은 작품을 아이들이나 읽는 동시라고 구별하고 구박할 까닭은 애당초 없는 일이다.

그 먼 나라를 알으십니까

어머니
당신은 그 먼 나라를 알으십니까?

깊은 삼림지대를 끼고 돌면
고요한 호수湖水에 흰 물새 날고
좁은 들길에 야장미野薔薇 열매 붉어
멀리 노루새끼 마음 놓고 뛰어다니는
아무도 살지 않는 그 먼 나라를 알으십니까?

그 나라에 가실 때에는 부디 잊지 마세요
나와 같이 그 나라에 가서 비둘기를 키웁시다.

어머니
당신은 그 먼 나라를 알으십니까?

산비탈 넌즈시 타고 내려오면
양지밭에 흰 염소 한가히 풀 뜯고
길 솟는 옥수수밭에 해는 저물어 저물어
먼 바다 물소리 구슬피 들려오는

아무도 살지 않는 그 먼 나라를 알으십니까?

어머니 부디 잊지 마세요
그때 우리는 어린양을 몰고 돌아옵시다

어머니
당신은 그 먼 나라를 알으십니까?

오월五月 하늘에 비둘기 멀리 날고
오늘처럼 촐촐히 비가 나리면
꿩 소리도 유난히 한가롭게 들리리다
서리가마귀 높이 날아 산국화 더욱 곱고
노란 은행잎 한들한들 푸른 하늘에 날리는
가을이면 어머니! 그 나라에서

양지밭 과수원에 꿀벌이 잉잉거릴 때
나와 함께 그 새빨간 능금을 또옥 똑 따지 않으시렵니까?

신석정

우리 한국에도 인도의 타고르 같은 시인, 중국의 도연명 같은 시인 한 분 계신 것도 나쁘지 않은 일이다. 전원시인 목가시인으로서의 신석정 시인의 존재가 바로 그러하다. 시인의 일생과 시인의 전 작품을 어찌 하나의 편협된 잣대로만 평가할까만 그래도 신석정이란 시인의 작품 가운데 가장 대표적인 모습은 목가시인이 아닌가 한다.

첫 시집 『촛불』(1939년)에 실린 작품이다. 대표작이다. 역시 고등학교 시절 공주에서 살 때 고서점에서 바로 위의 시집 『촛불』과 『슬픈 목가』 두 권을 함께 만난 것은 나의 행운이었고 내 시의 출발 첫걸음의 윤택이었다. 우선 어머니를 불러 조곤조곤 공손하게 아뢰는 저 말씨를 보라. 거친 우리들 마음까지 부드러워지고 맑아지지 않고 어찌 배겨내겠는가.

벙어리장갑

여름내 어깨순 집어준 목화에서
마디마디 목화꽃이 피어나면
달콤한 목화다래 몰래 따서 먹다가
어머니한테 나는 늘 혼났다
그럴 때면 누나가 눈을 흘겼다
—겨울에 손 꽁꽁 얼어도 좋으니?
서리 내리는 가을이 성큼 오면
다래가 터지며 목화송이가 열리고
목화송이 따다가 씨아에 넣어 앗으면
하얀 목화솜이 소복소복 쌓인다
솜 활끈 튕기면 피어나는 솜으로
고치를 빚어 물레로 실을 잣는다
뱅그르르 도는 물렛살을 만지려다가
어머니한테 나는 늘 혼났다
그럴 때면 누나가 눈을 흘겼다
—손 다쳐서 아야 해도 좋으니?
까치설날 아침에 잣눈이 내리면
우스꽝스런 눈사람 만들어 세우고
까치설빔 다 적시며 눈싸움한다

동무들은 시린 손을 호호 불지만
내 손은 눈곱만큼도 안 시리다
누나가 뜨개질한 벙어리장갑에서
어머니의 꾸중과 누나의 눈흘김이
하얀 목화송이로 여태 피어나고
실 잣는 물레도 이냥 돌아가니까

오탁번

어려서 나는 장갑을 끼고 다니는 아이들이 부러웠다. 손이 시린 겨울날이면 더욱 손이 시렸고 장갑 낀 아이들이 더욱 부러웠다. 이 부러운 마음은 내내 궁기가 되어 남았다. 벙어리장갑이란 엄지손가락 하나만 끼울 자리가 있고 나머지 네 개는 한데 모아지는 장갑을 말한다. 조금은 불편한 장갑. 그래도 그 이름이 귀엽고 사랑스럽다. 나중에 자라 어른이 되었을 때 나는 누이동생에게 벙어리장갑을 떠달라고 부탁해서 오랫동안 아이들처럼 끼고 다녔다.

오탁번 시인에게는 어린 시절 나하고는 달리 누나가 있었나 보다. 그것도 어린 동생에게 목화실로 벙어리장갑을 떠주는 누나 말이다. 시인은 그 장갑을 끼고 다니면서 눈사람도 만들고 친구들과 눈싸움을 하면서 놀았다 한다. 행복한 어린이다. 나같이 장갑이 없어 애달팠던 그 반대편에 시인과 같이 행복한 어린이가 있었던 것이다. 부럽고 고마운 일이다.

산란초

어려서 맑던 날을 개울물 건너 건너
산에 올라 하늘 아래
성 쌓올린 이 잔등을—

행주치마에 물 묻은 손 씻으며 씻으며
삼월을 내 앞에서 웃음 웃던 오복이가
호올로 슬어져 가 묻힌 그 잔들

황토 묻은 돌담불 사이사이
돋은 산란초—
다소곳이 안고 싶어 다가앉노니……

얼부퍼오르던 새뜻한 맨드라미며
드리운 머리채에 가리운 가슴

한 가닥 한 가닥을 고이 헤쳐
긴 밤을 '나'라고 일깨워보랴.

쉬어서 넘는 이도 없는 호젓한 잔등

어린 성城터 변두리로 노을이 지면

싱싱히 싱싱히 너울거리는

나도

새로 난 산란초 마냥

첫 귀 잊힌

임 노래나 드뇌이리야.

허연

잊혀진 이름이고 잊혀진 시다. 인터넷 자료를 살피면 출생연도 (1923년)는 나오는데 사망 연도가 나오지 않는다. 2021년 기준으로 따져서 이미 98세. 또 경력을 살피면 광주지역에서 신문사 편집국장도 하고 문인협회 단체장 일도 보고 특히 용아·영랑 시비 건립위원장 일을 맡았던 걸로 보아 지역 문화계에서 비중이 있던 인물로 보인다.

세상일은 그렇게 시간과 함께 허무하게 잊혀지기도 하고 멀어지기도 한다. 내가 이 시인의 작품 「산란초」를 읽은 것은 『현대문학 추천시집』이란 책에서. 그 책을 보면 이 작품은 1955년 《현대문학》에 추천작품으로 기록되어 있다. 소년 시절 좋아했던 '오복'이란 이름의 여자친구를 회상하며 그리워하는 내용. 그 여자친구는 이미 세상을 떠난 사람. '산란초'라는 자연물에 마음을 실어 그리움과 못 다 한 사랑을 안타까워하고 있다.

어린 시절 나에게는 그런 여자친구가 없었음에도 마치 '오복'이란 여성이 나의 친구라도 되는 양, 이 시를 읽으면 이심전심 마음이 찡해지곤 했었다.

누나의 손

누나의 손은 따뜻하다.

천지에 흰 눈이 덮이던 날, 책 보따리를 허리에 두르고 꽁
꽁 얼어서 집으로 돌아오면 동구 밖까지 나와서 기다리다
가 눈투성이 코흘리개의 손을 잡아주던 누나의 손은 따뜻
했었다.

공부를 한다고 호롱불 밑에서 코밑이 까맣게 그을려 졸고
있으면 사탕이며 과자 몇 개를 살며시 쥐어주던 누나의 손
은 따뜻했었다.

감나무 위에서 까치가 울던 누나가 시집가던 날 아침, 잠꾸
러기의 머리맡에 종이돈 몇 장을 손수건에 싸서 놓아두고
이불을 여며주던 누나의 손은 따뜻했었다.

이제는 장성한 딸을 시집보내는 누나의 장년,

"먼 데서 뭐할라꼬 왔노?" 화들짝 놀라며 가방을 받아드는,

어느새 어머니를 빼닮은 누나의 손은 아직도 따뜻하다.

유자효

이번에도 누나에 대한 아름다운 추억이다. '누나의 손은 따뜻했었다.'가 바로 시인의 일생을 이끄는 마음의 길이 되었다. 힘이 되었다. 함께 가는 동행이 되었다. 때로는 외롭고 고달프기까지 한 인생. 하지만 이런 손길 하나만이라도 있다면 큰 위로가 되고 큰 응원이 될 것이다.

나이 들어 늙은 누나에게서 젊은 시절의 어머니의 모습을 발견하는 시인의 육친애는 또 남의 일이 아니고 오늘날 우리들의 일이기도 하다. 우리도 누군가에게 그런 따뜻함과 위로와 응원과 동행이 되었는지 생각해 볼 때 이런 시를 문득 찾게 된다.

새로운 길

내를 건너서 숲으로
고개를 넘어서 마을로

어제도 가고 오늘도 갈
나의 길 새로운 길

민들레가 피고 까치가 날고
아가씨가 지나고 바람이 일고

나의 길은 언제나 새로운 길
오늘도…… 내일도……

내를 건너서 숲으로
고개를 넘어서 마을로.

윤동주

한 번인가는 서울의 한 도서관으로부터 문학 강연 초청을 받아서
간 일이 있다. 도서관 이름이 '내를 건너서 숲으로 도서관'. 주소를
찾아보니 '서울특별시 은평구 증산로17길 50'으로 되어 있었다. 윤
동주 시인 탄생 100주년을 기념하여 지은 도서관이란다. 바로 위
의 시 작품 안에 들어있는 한 문장을 따서 이름을 지은 도서관이
다. 아, 시의 한 문장으로도 도서관이 되는구나! 윤동주 시인의 시
는 그렇게 영광스러운 자리에 가 있었다.

실내에는 윤동주 시인을 기리는 공간과 시설이 마련되어 있었다.
강의실도 특별했다. 청중석이 계단식으로 상승하듯 올라가 있고
강의자 자리가 아래에 있었다. 윤동주 시인이 소년 시절에 문득 지
은 시「새로운 길」. 자신의 인생 전반을 소망하면서 쓴 예언과도 같
은 시. 범상한 언어로 일상을 쓴 것 같지만 결코 범상하지 않은 시.
도서관도 시를 닮아 평범 속에 비범함이 있었다.

냉이꽃

어머니가 매던 김 밭의
어머니가 흘린 땀이 자라서
꽃이 된 것아
너는 사상을 모른다
어머니가 사상가의 아내가 되어서
잠 못 드는 평생인 것을 모른다
초가집이 섰던 자리에는
내 유년에 날아오던
돌멩이만 남고
황막하구나
울음으로도 다 채우지 못하는
내가 자란 마을에 피어난
너 여리운 풀은.

이근배

일견 평이해 보이는 문장이고 내용이지만 그 실은 복잡하고 복잡하여 한 집안의 내력이 고스란히 들어있는 작품이다. 풀어서 쓴다면 한 권의 소설책이 될 만한 내용이다. 한 송이 '냉이꽃'으로 표상된 어머니. 그 어머니는 '사상가의 아내'다. 여기서 '사상가'란 누구를 가리키는 말일까?

한 시절 우리는 참으로 어려운 혼란의 시기를 살아온 일이 있다. 민족, 사상, 이념, 대립, 남과 북, 민주와 공산, 그럴 때, 어느 틈새에선가 번져 나온 말이 바로 '사상가'란 말일 것이다. 실상 사상가란 나쁜 말이 아니다. 그런데도 그 말이 멍에가 되는 말이었다니. 민족의 비극이고 한 집안의 비극이 아닐 수 없다. 그 비극의 틈새를 비집고 또 피어나는 예쁜 꽃이 냉이꽃이고 또 시인이고 시인의 작품이다.

다리 위에서

바람이 거센 밤이면
몇 번이고 꺼지는 네모난 장명등을
궤짝 밟고 서서 몇 번이고 새로 밝힐 때
누나는
별 많은 밤이 되려 무섭다고 했다

국숫집 찾아가는 다리 위에서
문득 그리워지는
누나도 나도 어려선 국숫집 아이

단오도 설도 아닌 풀벌레 우는 가을철
단 하루
아버지의 제삿날만 일을 쉬고
어른처럼 곡을 했다

이용악

한때 우리 문단에서 삼대 천재 가운데 한 사람이라고 불리던 이용악 시인의 시다. 크지 않고 자그마하다. 아담하다. 어린 시절의 추억이 고스란히 담겼다. 담담한 문장이지만 끝까지 그렇지는 않다. 울컥하는 바가 없지 않다. 전체적으로 서술이 퍽 구체적이다. 그래서 가슴이 섬짓해진다.

그런 가운데서도 특히 이런 대목은 마음을 아련하게 만든다. '누나도 나도 어려선 국숫집 아이', '아버지의 제삿날만 일을 쉬고 / 어른처럼 곡을 했다.' 부성 상실의 아픔이 전해져 온다. 그런 질곡 속에서도 어머니는 꿋꿋하게 자식을 기르고 가르쳐 당당한 시인으로 내세워 주셨다. 그 고마움이나 안타까움이 결단코 남의 일만은 아니리라.

'장명등'은 '대문 밖이나 처마 끝에 달아 두고 밤에 불을 켜는 등'을 가리키고 또 '무덤 앞이나 절 안에 돌로 만들어 세우는 등'을 말한다. 아마도 밤을 새워 불을 켜놓기 때문에 장명등이라고 이름 붙였겠지 싶다.

달밤

낙동강 빈 나루에 달빛이 푸릅니다
무엔지 그리운 밤 지향 없이 가고파서
흐르는 금빛 노을에 배를 맡겨 봅니다

낯익은 풍경이되 달 아래 고쳐 보니
돌아올 기약 없는 먼 길이나 떠나온 듯
뒤지는 들과 산들이 돌아돌아 뵙니다

아득히 그림 속에 정화된 초가집들
할머니 조웅전에 잠들던 그 날 밤도
할버진 율 지으시고 달이 밝았더이다

미움도 더러움도 아름다운 사랑으로
온 세상 쉬는 숨결 한 갈래로 맑습니다
차라리 외로울망정 이 밤 더디 새소서

이호우

시조는 우리 민족 고유의 정형시. 우리말의 율조와 말맛이 제대로 들어있다. 서로 당기는 말이 있고 서로 밀어내는 말이 있다. 이것을 나는 언어의 자력磁力이라고 말하는데 바로 이러한 언어의 자력이 가장 잘 구현되는 시가 시조이고, 또 그런 시조 가운데서도 가장 빼어난 시조가 바로 이호우 시인의 이 작품이라고 생각한다. 가히 이 시는 언어로 그린 그림이며 언어로 부르는 노래라고 말할 수 있 겠다. 소리 내어 읽을 때마다 우리 말이 자랑스럽고 고마운 느낌이 든다.

감자

할머니가 보내셨구나,
이 많은 감자를
야, 참 알이 굵기도 하다.
아버지 주먹만이나 하구나.

올 같은 가물에
어쩌면 이런 감자가 됐을까?
할머니는 무슨 재주일까?

화롯불에 감자를 구우면
할머니 냄새가 나는 것 같다.
이 저녁 할머니는 무엇을 하고 계실까?
머리털이 허이연
우리 할머니.

할머니가 보내 주신 감자는
구워도 먹고 쪄도 먹고
간장에 조려
두고두고 밥반찬으로 하기로 했다.

장만영

역시 초등학교 교과서에서 읽고 평생 마음의 시로 남은 작품이다. 그만큼 어린 시절에 읽은 문학작품은 영향력이 크다는 증거. 시의 주인공은 할머니를 무척이나 좋아하는 어린 손자 아이다. 그 매개는 감자. 옛날에는 그랬다. 먹을 것이 궁하던 시절이었으므로 가족이나 친척끼리 먹거리를 부쳐주기도 했다.

물건뿐만 아니라 마음까지 보내주는 그것은 선물. 착한 마음으로 주고받는 물건이 바로 선물이다. 시골에 사는 할머니로부터 감자를 선물 받고 좋아하는 한 아이의 함박웃음이 눈에 보이는 듯 선하다. 착한 사람들의 세상. 그런 세상은 아무리 세상이 변해도 변하지 않는다. 시도 선한 사람들의 마음을 담아 끝까지 변하지 않는다.

분이네 살구나무

동네서
젤 작은 집
분이네 오막살이

동네서
젤 큰 나무
분이네 살구나무

밤사이
활짝 퍼올라
대궐보다 덩그렇다.

정완영

두 가지의 대비가 참 재미있다. '동네서/ 젤 작은 집'과 '동네서/ 젤 큰 나무' 조금은 호들갑이고 과장이지만 그런대로 귀엽다. 밤사이 핀 살구꽃이 '대궐보다 덩그렇다'란 표현이 출렁 물결이 되어 가슴에 들어온다. 그대로 한 폭의 언어로 그린 아담한 그림.

이 글은 우리의 민족 정형시인 시조. 시조 가운데서도 아이들을 위해서 쓴 시조. 이런 걸 또 동시조라 부르는데 이런 분류는 또 별로좋은 건 아니다. 아름다움을 느끼기만 하면 되는 일. 다만 시조 형식을 통해 우리말의 아름다움이 십분 발현된다는 것만 알면 족한일이다.

호수

1
얼굴 하나야
손바닥 둘로
폭 가리지만,

보고픈 마음
호수만 하니
눈 감을 밖에.

2
오리 모가지는
호수를 감는다.

오리 모가지는
자꾸 간지러워.

정지용

한국 현대시의 아버지로 불리는 정지용 시인이 주로 어른을 위한 시, 성인시를 쓴 시인이지만 어린이를 위한 시, 동시를 쓴 시인이란 걸 아는 사람은 안다. 왜 그랬을까? 정지용 시인 생각으로는 시의 본령이 오히려 어린이의 마음에 있다는 걸 알았기 때문일 것이다. 「호수」라는 시는 두 편. 짧은 시이기에 두 편을 한 편으로 모았다. 두 편이 각기 개성을 보장하면서 서로 다른 느낌을 품는다.

두 편 모두에게 공통되는 느낌은 귀엽고 사랑스럽다는 것. 시 1번은 가장 작은 것과 가장 큰 것을 대비하면서 그 사이에 메아리 같은 울림을 담았다. '손바닥 둘'과 '호수'의 대비가 놀랍고 보이지 않는 것을 보이는 것으로 바꾼 솜씨가 놀랍다. 역시 대가적인 풍모다. 보라. '얼굴 하나'를 '보고픈 마음'으로 이끌어낸 저 사물의 간극間隙을. 거기에 분명 비상한 울림이 간혀있지 않겠는가!

작품 2는 '오리 모가지'라는 구체물을 제시하고 그 모가지가 '호수를 감'는 행위로 표상했다. 보다 동적이다. 이 또한 작은 것과 큰 것의 대비이고 보이지 않는 것을 보이는 것으로 바꾸는 놀라운 솜씨다. 작지만 큰 세상을 담은 시. 그래서 정지용 시인은 천진한 어린이 시를 지향했나 보다.

강물

강물이 모두 바다로 흐르는 그 까닭은
언덕에 서서
내가
온종일 울었다는 그 까닭만은 아니다.

밤새
언덕에 서서
해바라기처럼 그리움에 피던
그 까닭만은 아니다.

언덕에 서서
내가
짐승처럼 서러움에 울고 있는 그 까닭은
강물이 모두 바다로만 흐르는 그 까닭만은 아니다.

천상병

위의 작품은 1949년 《문예》란 잡지에 처음 추천을 받은 작품이다. 그러니까 처녀작이면서 추천작품이 된다. 당시 시인은 19세. 마산 중학교(당시 5년제) 5학년 학생 신분이었는데 담임교사였던 김춘수 시인이 서울 문단에 천거한 것. 천부적 시인. 놀라운 일이다. 19세 에 이미 시인이라니! 그렇게 해서 시인은 파란만장 생애를 살아 끝 내 '귀천'의 시인이 되었다.

위의 시 「강물」은 19세 청년의 시라고 보기에는 지나치게 이미 노 숙해 있다. 장년의 발언 같다. 조숙한 시인이란 이렇게 가끔 있는 법. '강물'을 빗대어 자신의 인생을 말하고 미래를 말하고 자신의 철학을 말하고 있다. 짐짓 조용한 듯하면서도 세차다.

사모곡 思母曲

1.
은銀나비
손톱 발톱 잦아지게
남 유다른 세월에

짚동 한숨은
소금 부벼 삭이고

엄니 엄니
울 엄니는

나래도 빛나는
나비라 은銀나비.

2.
눈밝애 귀밝애
다음에
죽은 다음에도
또 세상 있으믄

자비하신 석가세존

그 말씀대로

삼월三月에 제비 오는 세상 있으믄야

엄마야 오늘같이

바느질하는 엄마 옆에서

바늘에 긴 실 꿰어드리지

새아씨 적

옛말은

인두에 묻어나고

어룽진 앞섶자락

섧디섧은 눈빛을

물려줄 테지

이다음에

죽은 다음에도

이런 세상에

엄마는 울 엄마
나는 또 까망머리
엄마 딸 되리

눈밝애 되리야
귀밝애 되리야.

3.
해빙기解氷期
우수절雨水節
남南녘 바람에
강江얼음 녹누만은

엄니 가슴 한恨은
언제 바람에
풀리노

눈감아
깊은 잠 드시고야

저승 따

다 적시는

궂은비로 풀리려나.

허영자

말하듯이 썼다. 호소하듯 고백하듯 질박하게 썼다. 어머니에 대해서. 어머니에 대한 그리움과 사랑에 대해서. 지극하다. 간절하다. 이보다 더 깊고 절실할 수가 없는 일이다.

그런데 이 작품은 시인의 등단작품이다. 《현대문학》이란 잡지에서 읽었다. 지금도 잊혀지지 않는 일이 있다. 추천자인 박목월 시인은 허영자 시인 이름을 부르면서 '허영자 군'이라고 불렀다. '군'이라니? 그렇다면 남자 시인가? 하지만 허영자 시인은 여성 시인이었다. 이미 박목월 시인이 양성평등을 실천하고 있었음이다.

허영자 시인에게는 후기에 쓴 서릿발같이 빛나는 작품들이 많다. 그렇지만 나는 이 작품이 더할 수 없이 좋다. 무엇보다도 진심이 담겨있다. 소박함이 있다. 내가 끝내 그리워하는 세계다.

첫치마

봄은 가나니 저문 날에,
꽃은 지나니 저문 봄에,
속없이 우나니, 지는 꽃을,
속없이 느끼나니 가는 봄을,
꽃 지고 잎 진 가지를 잡고
미친 듯 우나니, 집난이는
해 다 지고 저문 봄에
허리에도 감은 첫치마를
눈물로 함빡히 쥐어짜며
속없이 우노나 지는 꽃을,
속없이 느끼노나, 가는 봄을.

김소월

김소월 시인의 시를 촘촘히 읽어본 사람도 짐짓 스치고 지나쳤을 법한 작품이다. 언뜻 눈에 띄지 않지만 한번 마음에 들어와서는 지워지지 않는 감흥을 주는 시다. 기적의 시인 김소월의 진면목이 슬쩍 들어간 작품이다.

'첫치마'란 무슨 치마일까? 이 말을 알기 위해서는 우선 '집난이'란 말에 대한 이해가 있어야 한다. 집난이란 북한 지역의 함남이나 평북 지방의 지방어로 '시집간 딸'을 가리키는 말이다. 그렇다면 '첫치마'의 의미는 희미하게 밝혀진다. 저 애상을 어찌 주체하리오. 흘러서 개울이 되고 강물이 되어 오늘도 그침이 없구나.

모란이 피기까지는

모란이 피기까지는

나는 아직 나의 봄을 기다리고 있을 테요

모란이 뚝뚝 떨어져버린 날

나는 비로소 봄을 여읜 설움에 잠길 테요

오월 어느 날, 그 하루 무덥던 날

떨어져 누운 꽃잎마저 시들어 버리고는

천지에 모란은 자취도 없어지고

뻗쳐 오르던 내 보람 서운케 무너졌느니

모란이 지고 말면 그뿐, 내 한 해는 다 가고 말아

삼백 예순 날 하냥 섭섭해 우웁내다

모란이 피기까지는

나는 아직 기다리고 있을 테요, 찬란한 슬픔의 봄을

김영랑

참 치렁치렁하다. 저 말씀. 오월 한낮 흐드러지게 피어오른 모란꽃 속에서 누군가 천년 전에 살았던 한 사람이 나와서 잠시 들려주고 다시 꽃 속으로 들어갔을 것 같은 저 말씀. 모란꽃에 실린 인생. 모란꽃으로 다시 살아나는 사랑. 비록 현실의 사랑은 잃었어도 끝내 마음속 사랑까지는 잃을 수 없어 자연으로 돌아오는 눈부신 사랑의 부활을 본다. 이런 때는 떠난 사랑도 떠난 사랑이 아니고 영원히 사는 사랑이다. 어쩌면 시로 하여 그 사랑은 끝내 죽을 수 없는 사랑이 되는 것이리라. 그것도 남도 사투리의 치렁치렁 윤기 나는 반짝임에 실려서.

이 시 가운데 시어 하나를 지적하고 싶다. 처음 이 시를 읽을 때 나는 '하냥'이란 말을 '함께'로 읽었다. 우리 충청도에서는 그렇게 썼기 때문이다. 그런데 전남 쪽에 가서 문학 강연을 하면서 이 말을 물었더니 그렇지 않다는 대답이었다. 그쪽에서는 '함께'란 말 대신에 '한꾸네'라고 한다는 것이다. 그러면서 이 시 안에 있는 '하냥'은 '언제나', '오래오래'의 뜻이라고 했다. 역시 시어는 그 지역 사람의 말을 들어보는 것이 가장 옳은 길이란 걸 다시 배웠다.

초상정사 草上靜思

풀밭에 호올로 눈을 감으면
아무래도 누구를
기다리는 것 같다.

연못에 구름이 스쳐가듯이
언젠가는 내 가슴을 고이 스쳐간
서러운 그림자가 있었나 보다.

마치 스스로의 더운 입김에
모란이 뚝뚝 져버리듯이
한없이 나를 울렸나 보다.

누구였기에
누구였기에
아아 진정 누구였기에……

풀밭에 호올로 눈을 감으면
어디선가 단 한 번 만난 사람을
아무래도 기다리고 있는 것 같다.

이형기

한 젊은이가 보인다. 그는 지금 아무것도 가지고 있지 않다. 다만 미래에 대한 막연한 그리움과 사랑의 마음만을 간직하고 있다. 그 무엇도 확실하게 나타난 것이 없는 인생. 그러기에 그의 인생은 더욱 그립고 소중하고 기다림의 인생이 된다. 우리도 한 시절엔 모두가 그런 인생이었다. 풀밭 위에 고요히 생각에 잠긴 저 젊은이. 맑은 이마. 맑은 이마에 잠시 머물다 가는 흰 구름. 그의 숱 짙은 머리칼이 마냥 보고 싶다.

이별노래

떠나는 그대
조금만 더 늦게 떠나 준다면
그대 떠난 뒤에도 내 그대를
사랑하기에 아직 늦지 않으리

그대 떠나는 곳
내 먼저 떠나가서
그대의 뒷모습에 깔리는
노을이 되리니

옷깃을 여미고 어둠 속에서
사람의 집들이 어두워지면
내 그대 위해 노래하는
별이 되리니

떠나는 그대
조금만 더 늦게 떠나 준다면
그대 떠난 뒤에도 내 그대를
사랑하기에 아직 늦지 않으리

정호승

시가 노래가 되면 날개를 단다. 멀리 간다. 그래서 시가 노래가 되는 일은 행운이기도 하다. 아니다. 반대로 노래가 시를 만나는 일이 더 행운이다. 아무런 시나 노래가 되는 건 아니다. 가장 좋은 시가 노래가 된다. 노래가 된 시. 그래서 시인과 시를 멀리까지 데리고 가 준 시. 이동원이란 가수의 노래로 이 시가 노래 불려질 때 듣는 사람들도 함께 가슴 조이면서 눈물 흘리던 시절이 우리에게는 오래 있었다. 노래를 들으면서 알 수 없는 슬픔이며 울분까지를 달래던 시절이 분명 우리에게는 있었다. 당시엔 힘겨웠는데 돌아보니 그 역시 그리운 시절이다.

출처

느린걸음
박노해, 「다시」, 『사람만이 희망이다』, 느린걸음

문학과지성사
문충성, 「제주바다 1」, 『제주바다』, 문학과지성사
문태준, 「가재미」, 『가재미』, 문학과지성사
정현종, 「섬」, 『나는 별 아저씨』, 문학과지성사

문학동네
송찬호, 「저녁별」, 『저녁별』, 문학동네

민음사
김명수, 「무지개」, 『(오늘의 시인 총서 17) 월식』, 민음사
신달자, 「국물」, 『살 흐르다』, 민음사

실천문학사
박정만, 「해 지는 쪽으로」, 『그대에게 가는 길』, 실천문학사

창비
김남주, 「옛 마을을 지나며」, 『김남주 시전집』, 창비

황금알
이수익, 「결빙의 아버지」, 『이수익 시전집』, 황금알